月照故里，淡淡乡愁

林建法　艾明秋——主编

辽宁人民出版社

© 林建法　艾明秋　2023

图书在版编目（CIP）数据

月照故里，淡淡乡愁 / 林建法，艾明秋主编 . —沈阳：辽宁人民出版社，2023.1
（太阳鸟文学精选）
ISBN 978-7-205-10493-1

Ⅰ . ①月… Ⅱ . ①林… ②艾… Ⅲ . ①散文集—中国—当代 Ⅳ . ① I267

中国版本图书馆 CIP 数据核字（2022）第 143565 号

出版发行：辽宁人民出版社
　　　　　地址：沈阳市和平区十一纬路 25 号　邮编：110003
　　　　　电话：024-23284191（发行部）　024-23284304（办公室）
　　　　　http：//www.lnpph.com.cn
印　　刷：北京长宁印刷有限公司天津分公司
幅面尺寸：145mm×210mm
印　　张：7.75
字　　数：125 千字
出版时间：2023 年 1 月第 1 版
印刷时间：2023 年 1 月第 1 次印刷
责任编辑：赵维宁　蔡　伟　贾　勇
封面设计：琥珀视觉
版式设计：一诺设计
责任校对：冯　莹
书　　号：ISBN 978-7-205-10493-1

定　　价：48.00 元

C O N T E N T S

目录

01

从家乡开始

◎刘亮程

一、互生

家乡是母腹把我交给世界、也把世界交给我的那个地方。它可能保存着我初来人世的诸多感受。在那个漫长生命开始的地方，我跟世界或许相互交代过什么。一个新生命来到世上，这世界有了一双重新打量它的眼睛，一颗重新感受它的心灵，一个重新呼喊它的声音。在这新生孩子的眼睛里，世界也是新诞生的，说不上谁先谁后、谁接纳了谁。一个新生命的降生，也是这个世界的重新诞生。这是我们和世界的互生关系。

这个关系是从家乡开始的。

家乡在我睁开眼睛的一瞬间，几乎用整个世界迎接了我。家乡用它的空气、阳光雨露、风声鸟语，用它的白天黑夜、日月替换来迎候一个小小生命的到来。假如这个世界还有什么的话，家乡在我出生的那一刻，已经全部给了我。从此家乡一无所有。家乡再没有什么可以给我了。

而我，则需要用一生时间，把自己还给家乡。

二、厚土

家乡住着我的父亲母亲、爷爷奶奶，住着和我一同长大、留有共同记忆的一代人，还住着他们看着我长大、我看着他们长老直到死去的那一代人。家乡是我祖先的墓地和我的出生地。在我之前，无数先人死在家乡、埋在家乡。每个人的家乡都是个人的厚土，这个厚，是因为土中有我们多少代的先人安睡其中，累积起的厚。

先人们沉睡土下，在时序替换的死死生生中，我的时间到了，我醒来，接着祖先断了的那一口气往下喘。这一口气里，有祖先的体温、祖先的魂魄，有祖先代代传续到今天的精神。

所有的生活，都是这样延续下来的。每个人的出生都不仅仅是单个生命的出生。我出生的一瞬间，所有死去的先人活过来，所有的死都往下延伸了生。我是这个世代传袭的生命链条的衔接者，这是多么重要啊。因为有我，祖先的生命在这里又往下传了一世，我再往下传，就叫代代相传。

这便是家乡。它在浑然不觉中，已经给一个人注入了这么多的东西。长大以后，我才有机会回过头来领受家乡给我的这一切，领受家乡的一事一物，领受家乡的生老病死和生生不息，领受从我开始、被我诞生出来的这个家乡，是如何给了我生命的全部知觉和意义。

三、醒来

我的散文集《一个人的村庄》，写的就是我自小生活的村庄。

当时我刚过三十岁，辞去乡农机管理员的工作，孤身一人在乌鲁木齐打工。或许就在某一个黄昏，我突然回头，看见了落向我家乡的夕阳——我的家乡沙湾县在乌鲁木齐正西边，每当太阳从城市上空落下去的时候，我都知道它正落在我的家乡，那里的漫天晚霞，一定把所有的草木、庄稼、房屋和晚归的人们，都染得一片金黄，就像我小时候看见的一样。

或许就是在这样的回望中，那个被我遗忘多年，让我度过童年、少年和青年时光的小村庄，又被我想起来了。我把那么多的生活扔在了那里，竟然不知。那一瞬间，我似乎觉醒了，开始写那个村庄。仿佛从一场睡梦中醒来，看见了另外一个世界，如此强大、饱满、鲜活地存放在身边，那是我曾经的家乡，从记忆中回来了。那种状态如有天启，根本不用考虑从哪儿写起。家乡事物烂熟于心，我从什么地方去写，怎么开头，怎么结尾，都可以写出这个村庄，写尽村庄里的一切。

这样一篇一篇地写，从二十世纪九十年代初写到九十年代末，我完成了《一个人的村庄》。

这是家乡在我的文字中的一次复活。她把我降生到世上，我把她书写成文字传播四方。我用一本书创造了一个家乡。

四、先父

　　《一个人的村庄》写完之后，我已经三十六岁了。我一直想给我早年去世的父亲写一篇文章，可是一直无法完成。

　　先父在我八岁那年不在了，我忘记了他的长相，想不起一点儿有关他的往事。家里曾有过一张照片，母亲抱着我，先父站在旁边，一副瘦弱的文人相，后来这张唯一的照片也丢了。就这样一个没有一丝印象的父亲，我不知道该如何去写。

　　每年清明节，我们都要去给父亲上坟，烧几张纸，临走前跪着磕个头，说父亲，我们来过了，求他保佑家人平安。女儿逐渐长大，我也经常带她去上坟，让女儿知道她有一个没见过面的爷爷，一个没有福气听她叫爷爷的爷爷。

　　怎样去写这样一个先父，一直梗结在心。先父是三十七岁时不在的，我也到了先父去世的年龄，突然就想，过了三十七岁这一年，我就比父亲都大了。那时回想早年丧失的父亲，或许就像回想一个不在的兄弟。再往后，我越长越老，父亲的生命停留在三十七岁不走了。尤其到了四十岁这个阶段，前不着村，后不着店，生命被悬浮在那儿，即将步入中年、老年，我不知道老是怎么回事。

假如家里有一个老父亲，他在前面蹚路，我会知道，自己五十岁的时候是什么样子。因为父亲在前面活着呢。我五十岁时，父亲七十多岁，那就是二十多年后的我自己。他带着我往老年走，我跟着他，一步一步地离开青年、中年，也往老年走，我会在他身上看见自己的老。

可是，我没有这样一个老父亲，四十岁以后的人生一片空茫，少了一个引领生命的人。

我一直在这样一种困惑中，不知该怎么去写这个父亲。

直到后来，我带着母亲回了趟甘肃老家，获得了一次"接近"父亲的机会，才完成了《先父》这篇文章。

五、后继

我们家是一九六一年"三年自然灾害"时期，从甘肃酒泉金塔县逃饥荒到新疆的。父亲当时在金塔县一所学校当校长，母亲做教师，两人的月口粮三十多斤，家里还有奶奶和大哥，一家人实在吃不饱肚子，父亲便扔了工作，带着全家往新疆跑。那次饥荒我没有经历过，我是在他们逃到新疆的第二年出生的。

那年我带母亲回甘肃老家。母亲逃荒到新疆四十年，第一次回老家。我们从父亲工作过的金塔县城，到他出生长大的山下村，在叔叔刘四德家落脚。我的一个奶奶还活着，是叔伯家的奶奶，八十多岁了，老人家拉着我的手说，你的模样有你父亲的影子，又说，你父亲1961年阴历几月初几回过一次家，把家里东西都卖了，房子也卖了，说是要去新疆。奶奶说的日期全是阴历，她一直活在旧历年中。临走时奶奶给我一双绣花鞋垫，她亲手绣的，我还一直保留着。

我们一到叔叔家，叔叔便带着我们去上祖坟。我们刘姓在当地是大家族，以前有祖坟，逐渐来的人太多了，去的人也多，去的人占来人的地方，土地不够用，村里重新分配土地，就把一些祖坟平掉种地了。

我们刘家的祖坟，我父亲这一支的，都迁到叔叔家的耕地中间。爷爷辈以上先人合到一座墓里，祖先归到一处，墓前有祖先灵位。剩下爷爷辈的、父亲辈的坟都单个有墓。

叔叔带着我走进坟地，说，这是归到一起的祖先灵位。我跪下，磕头，上香。说，后面是你爷爷的坟。旁边是你二爷的，你二爷因为膝下无子，从另外一个兄弟那里过了一个儿子过来，顶了脚后跟。

顶脚后跟原来是这么回事。一个人膝下无子，会从自家兄弟那里过继一个儿子来，待你百年后埋在地下，有人给你上坟扫墓，将来过继来的儿子去世，就头顶你的脚后跟埋在一起，这叫"后继有人"。

我这才知道后继有人的人不是活人，是顶脚后跟的那个土里的后人。

叔叔又指着我爷爷的坟说，你看，你爷爷就你父亲一个独子，逃荒到新疆，把命丢在新疆没回来，后面这个地方还留着。

叔叔接着说，你父亲后面那块地就是留给你们的。

这句话一说，我的头突然轰的一下，空掉了。

觉得自己在外面跑那么多年，我父亲带着我们逃荒千里到新疆，父亲把命丢在了新疆，但是我爷爷后面的位置还给他留着。我在新疆出生，又在外求学，好像把甘肃酒泉那个家乡给忘掉了，那个家乡好像跟自己没有关系了。但是，祖坟上还有一个位置给我留着。当我过完此生，还有一段地下的生活。在地下的祖先还需要我，等着我顶脚后跟，后继有人。

我们要走的时候，叔叔拉着我的手说，亮程，我是你最老的叔叔了，你的爷爷辈已经没人，叔叔辈里面剩下的人也不多了，等你下次来，我不在家里就在地里。

我明白他说的是跟祖先埋在一起的那个地里。我叔叔说这些话的时候轻松自若，仿佛生和死没有界限，不在家里就在地里，只是挪了个地方。在我叔叔对死亡轻描淡写的聊天中，死亡是温暖的，死和生不是隔着一层土，只是隔着一层被他轻易捅破又瞬间糊住的窗户纸。

六、温暖

我原以为甘肃的那个老家，只是我母亲的家乡，是我死在新疆的父亲的家乡，它跟我没有关系，我是在新疆出生长大的。

可是，当我站在叔叔家麦田中那块祖坟上的时候，我突然觉得，它是我的家乡。

小时候见到坟头害怕，当我坐在老家祖坟地，坐在叔叔给我留下的那块空地上，竟觉得那么温暖，像回到一个悠远的家里。

我想，即使以后我离开世间，从那个村子里归入地下，跟祖先躺在一块儿，好像也不会失去什么，那样的归属就在自己家的田地中，坟头和村庄相望，亲人的说话和喊叫时时传来，脚步声在坟头上面来回走动，一年四季的收成堆在旁边，那样的离世，离得不远，就像搬了一次家。

我们没有像基督教那样建造一个天堂，但是，我们在家乡构筑了一方千秋万代的乡土，这乡土包含我们的前世今生、过去未来，这个能够安顿我们身体和心灵的地方，是我们的家乡。

七、复活

从老家回来后，我找到了写先父的感觉。我从那块家乡的厚土中，把父亲找了回来，我也从祖先、爷爷到父亲那样一条家族血脉中，找到了自己的位置。突然之间，我觉得可以跟父亲对话了，他活了过来。

《先父》的第一句这样开始叙述："我比年少时更需要一个父亲，他住在我隔壁，夜里我听他打呼噜，费劲地喘气。看他弓腰推门进来，一脸皱纹，眼皮耷拉，张开剩下两颗牙齿的嘴，对我说一句话。我们在一张餐桌上吃饭，他坐上席，我在他旁边，看着他颤巍巍伸出一只青筋暴露的手，已经抓不住什么，又抖抖地勉力去抓住。听他咳嗽，大声喘气——这就是数年之后的我自己。一个父亲，把全部的老年展示给儿子，一如我把整个童年、青年带回到他身边。可是，我没有这样一个父亲。"

一段一段地写，跟这个早已不在的父亲诉说。当我写完时，我把这个早年丧失的父亲从时间的尘埃中找了回来，同时我也找回来一个遗失的家乡。

八、家谱

家乡是跟我们血肉相连的那个地方。回到家乡，便知道自己是谁了。上有老下有小。往上有我叫爷爷的，往下有别人叫我爷爷的，我在中间。这就是一个人在家庭中的地位。找到这样一个位置，一个家族体系便构架了起来。

我在甘肃酒泉老家的叔叔家，看到了刘家家谱，小楷毛笔字写在一块大白布上。叔叔特别告诉我，这是我父亲抄写的。家谱自四百年前祖先从山西大槐树迁入酒泉开始记起，一连串的名字，组成一棵大树，在数百年里分枝散叶，开花结果。

我父亲抄写这份家谱时，二十来岁，是家族供养出的唯一一个懂文墨的秀才，他那时不会想到自己会在不久的饥馑年逃荒新疆，把命丢在异乡。但是，他一定知道自己在家谱中的位置。我在叔叔后来整理的装订成册的家谱中，看见了父亲的名字，他已经安稳地回到族谱了。我也知道自己的名字迟早会被写在那里，跟在父亲的名字后面。这个不急，我走进族谱，还有很远的路。但是，不论我走到哪里，我都会回到这册家谱里。

九、归入

这是我们中国人的家乡，在土上有一生，在土下有千万世。厚土之下，先逝的人们，一代的头顶着上一代的脚后跟，在后继有人地过一种永恒生活。

因为有他们在，我们地上的生活才踏实。在那样的家乡土地上，人生是如此厚实，连天接地，连古接今。生命从来不是我个人短短的七八十年或者百年，而是我祖先的千年、我的百年和后世的千年，是世代相传。

有家乡的中国人，都会有这样的生命感觉，千秋万代都是我们的血脉。未出生之前，我已在祖先序列中，是家乡土地上的一粒尘土。待出生后，我是连接祖先和子孙的一个环节。

家乡让我把生死融为一体，因为有家乡，死亡不再恐惧；因为有家乡，我可以坦然经过此世，去接受跟祖先归为一处的永世。

十、故乡

每个人的家乡都在累累尘埃中，需要我们去找寻、认领。我四处奔波时，家乡也在流浪。年轻时，或许父母就是家乡。当他们归入祖先的厚土，我便成了自己和子孙的家乡。每个人都会接受家乡给他的所有，最终活成他自己的家乡。每个人都是他自己的家乡。身体之外，唯有黄土；心灵之外，皆是异乡。

家乡在土地上，在身体中。故乡在厚土里，在精神中。

我们都有一个土地上的家乡和心灵精神中的故乡。当那个能够找到名字、找到一条道路回去的地理意义上的家乡远去时，我们心中已经铸就出一个不会改变的故乡。

而那个故乡，便是我和这个世界的相互拥有。

（原载《人民文学》2019年第2期）

02

阅读的故事

◎余华

    我在一个没有书籍的年代里成长起来，所以不知道自己的阅读是如何开始的。为此我整理了自己的记忆，我发现，竟然有四个不同版本的故事讲述了我最初的阅读。

    第一个版本是在我小学毕业那一年的暑假，应该是 1973 年。"文化大革命"来到了第七个年头，我们习以为常的血腥武斗和野蛮抄家过去几年了，这些以革命的名义所进行的残酷行动似乎也感到疲惫了，我生活的小镇进入到了压抑和窒息的安静状态里，人们变得更加胆小和谨慎，广播里和报纸上仍然天天在大讲阶级斗争，可是我觉得自己很久没有见到阶级敌人了。

这时候我们小镇的图书馆重新对外开放，我父亲为我和哥哥弄来了一张借书证，让我们在无聊的暑假里有事可做，从那时起我开始喜欢阅读小说了。当时的中国，文学作品几乎都被称为毒草。外国的莎士比亚、托尔斯泰、巴尔扎克他们的作品是毒草，中国的巴金、老舍、沈从文他们的作品是毒草；由于中苏关系恶化，苏联时期的革命文学也成为了毒草。大量的藏书被视为毒草销毁后，重新开放的图书馆里没有多少书籍，放在书架上的小说只有二十来种，都是国产的所谓社会主义革命文学。我把这样的作品通读了一遍，《艳阳天》《金光大道》《牛田洋》《虹南作战史》《新桥》《矿山风云》《飞雪迎春》《闪闪的红星》……当时我最喜欢的书是《闪闪的红星》和《矿山风云》，原因很简单，这两本小说的主角都是孩子。

这样的阅读在我后来的生活里没有留下什么痕迹，我没有读到情感，没有读到人物，就是故事好像也没有读到，读到的只是用枯燥乏味的方式在讲述阶级斗争。可是我竟然把每一部小说都认真读完了，这是因为我当时的生活比这些小说还要枯燥乏味。

中国有句成语叫饥不择食，我当时的阅读就是饥不择食。只要是一部小说，只要后面还有句子，我就能一直读下去。

2002年秋天我在德国柏林的时候，遇到两位退休的汉学教授，说起了二十世纪六十年代初期中国的大饥荒。这对夫妻教授讲述了他们的亲身经历，当时他们两人都在北京大学留学，丈夫因为家里的急事先回国了，两个月以后他收到妻子的信，妻子在信里告诉他：不得了，中国学生把北京大学里的树叶吃光了。

就像饥饿的学生吃光了北京大学里的树叶那样，我的阅读吃光了我们小镇图书馆里比树叶还要难吃的小说。

我记得图书馆的工作人员是一位中年女性，她十分敬业，每次我和哥哥将读完的小说送还回去的时候，她都要仔细检查图书是否有所损坏，确定完好无损后，才会收进去，再借给我们其他的小说。有一次她发现我们归还的图书封面上有一滴墨迹，她认为是我们损坏了图书。我们申辩这滴墨迹早就存在了，她坚持认为是我们干的，她说每一本书归还回来的时候都认真检查了，这么明显的墨迹她不可能没有发现。我们和她争吵起来，争吵在当时属于文斗。我的哥哥是一个红卫兵，文斗对他来说不过瘾，武斗方显其红卫兵本色，他抓起书扔向她的脸，接着又扬手扇了她一记耳光。

然后我们一起去了小镇派出所，她坐在那里伤心地哭了很久，我哥哥若无其事地在派出所里走来走去。派出所的所长一边好言好语安慰她，一边训斥我那自由散漫的哥哥，要他老实坐下，我哥哥坐了下来，很有派头地架起了二郎腿。

这位所长是我父亲的朋友，我曾经向他请教过如何打架，他当时打量着弱小的我，教了我一招，就是趁着对方没有防备之时，迅速抬脚去踢他的睾丸。

我问他："要是对方是个女的呢？"

他严肃地说："男人不能和女人打架。"

我哥哥的红卫兵武斗行为让我们失去了图书馆的借书证，我没有什么遗憾的，因为我已经将图书馆里所有的小说都读完了。问题是暑假还没有结束，我阅读的兴趣已经起来了。我渴望阅读，可是无书可读。

我只好走出家门，如同一个饥肠辘辘的人寻找食物一样，四处寻找起了书籍。我身穿短裤背心，脚上是一双拖鞋，走在我们小镇炎炎夏日里发烫的街道上，见到一个认识的同龄男孩，就会叫住他：

"喂，你们家有书吗？"

那些和我一样身穿短裤背心、脚蹬一双拖鞋的男孩，听到我的问话后都是表情一愣，他们可能从来没有遇到过这样的询问，然后他们个个点着头说家里有书。可是当我兴致勃勃地跑到了他们家里，看到的都是同样的四卷本的《毛泽东选集》，而且都是从未被翻阅过的新书。我因此获得了经验，当一个被我询问的男孩声称他家里有书时，我就会伸出四根手指继续问：

"有四本书？"

他点头后，我的手垂了下来，再问一句："是新书？"

他再次点头后，我就会十分失望地说："还是《毛泽东选集》。"

后来我改变了询问的方式，我开始这样问："有旧书吗？"

我遇到的都是摇头的男孩。只有一个例外，他眨了一会儿眼睛后，点着头说他家里好像有旧书。我问他是不是有四本书，他摇着头说好像只有一本。我怀疑这一本是"红宝书"，问他封面是不是红颜色的，他想了想后说，好像是灰乎乎的颜色。

我喜出望外了。他的三个"好像"的回答让我情绪激昂，我用满是汗水的手臂搂住他满是汗水的肩膀，往他家里走去时，说了一路的恭维话，说得他心花怒放。到了他的家中，他十分卖力地搬着一把凳子走到衣柜前，站到凳子上，在衣柜的顶端摸索了一会儿，摸出一本积满灰尘的书递给我。我接过来时心里忐忑不安，这本尺寸小了一号的书很像是"红宝书"。我用手擦去封面上厚厚的灰尘之后，十分失望地看到了红色的塑料封皮，果然是"红宝书"。

我在外面的努力一无所获之后，只好回家挖掘潜力，用现在时髦的话来说，就是拉动内需。我将家里的医学书籍粗粗浏览了一遍，就将它们重新放回到书架上，当时我粗心大意，没有发现医学书籍里面所隐藏的惊人内容，直到两年之后才发现这个秘密。我放弃医学书籍之后，可供选择的书籍只有崭新的《毛泽东选集》和翻旧了的"红宝书"。这是当时每个家庭相似的情况，四卷本的《毛泽东选集》只是家里的政治摆设，平日里拿来学习的是"红宝书"。

我没有选择"红宝书"，而是拿起了《毛泽东选集》第一卷。这一次我十分仔细地阅读起来，然后我发现了阅读的新大陆，就是《毛泽东选集》里的注释引人入胜。从此以后，我手不释卷地读起了《毛泽东选集》。

当时的夏天，人们习惯在屋外吃晚饭，先是往地上泼几盆凉水，一方面是为了降温，另一方面是为了压住尘土，然后将桌子和凳子搬出来。晚饭开始后，孩子们就捧着饭碗走来走去，眼睛盯着别人桌上的菜，吃着自己碗里的饭。我总是很快吃完晚饭，放下碗筷后，立刻捧起《毛泽东选集》，在晚霞下如饥似渴地读了起来。

邻居们见到后赞叹不已，夸奖我小小年纪，竟然如此刻苦学习毛泽东思想。我的父母听了这些夸奖，得意之情溢于言表。在私底下，他们小声谈论起了我的前途，他们感叹"文化大革命"让我失去了学习的机会，否则他们的小儿子将来有可能成为一名大学教授。

其实我根本没有在学习毛泽东思想，我读的是《毛泽东选集》里的注释，这些关于历史事件和历史人物的注释，比我们小镇图书馆里的小说有意思多了。这些注释里虽然没有情感，可是有故事，也有人物。

第二个版本发生在我中学时期，我开始阅读一些被称为"毒草"的小说。这些逃脱了焚毁命运的文学幸存者，开始在我们中间悄悄流传。我想，可能是一些真正热爱文学的人将它们小心保存了下来，然后被人们在暗地里大规模地传阅。每一本书都经过了上千个人的手，传到我这里时已经破旧不堪，前面少了十多页，后面也少了十多页。我当时阅读的那些"毒草"小说，没有一本的模样是完整的。我不知道书名，不知道作者；不知道故事是怎么开始的，也不知道故事是怎么结束的。

不知道故事的开始我还可以忍受，不知道故事是怎么结束的实在是太痛苦了。每次读完一本没头没尾的小说，我都像是一只热锅上的蚂蚁到处乱窜，找人打听这个故事后来的结局。没有人知道故事的结局，他们读到的小说也都是没头没尾的，偶尔有几个人比我多读了几页，就将这几页的内容讲给我听，可是仍然没有故事的结局。这就是当时的阅读，我们在书籍的不断破损中阅读。每一本书在经过几个人或者几十个人的手以后，都有可能少了一两页。

我无限惆怅，心想我前面的这些读者真是缺德，自己将小说读完了，也不将掉下来的书页粘贴上去。

没有结局的故事折磨着我，谁也帮不了我，我开始自己去设想故事的结局，就像《国际歌》中所唱的那样："从来就没有什么救世主，也不靠神仙皇帝。要创造人类的幸福，全靠我们自己。"每天晚上熄灯上床后，我的眼睛就在黑暗里眨动起来，我进入了想象的世界，编造起了那些故事的结局，并且被自己的编造感动得热泪盈眶。

我不知道当初已经在训练自己的想象力了，我应该感谢这些没头没尾的小说，它们点燃了我最初的创作热情，让我在多年之后成为了一名作家。

我读到的第一本外国小说也是一样的没头没尾，我不知道书名是什么，作者是谁，不知道故事的开始，也不知道故事的结束。我第一次读到了性描写，让我躁动不安，同时又胆战心惊。读到性描写的段落时，我就会紧张地抬起头来，四处张望一会儿，确定没有人在监视我，我才继续心惊肉跳地往下读。

"文化大革命"结束以后，文学回来了。书店里摆满了崭新的文学作品，那期间我买了很多外国小说，其中有一本小说的书名叫《一生》，是法国作家莫泊桑的作品。有一天晚上，我躺在床上，开始阅读这本《一生》。读到三分之一的篇幅时，我惊叫了起来：原来是它！

我多年前心惊肉跳阅读的第一本没头没尾的外国小说，就是莫泊桑的《一生》。

我当时阅读的那些"毒草"小说里，唯一完整的一本是法国作家小仲马的《茶花女》。那时候"文化大革命"快要结束了，我正在上高中二年级，《茶花女》是以手抄本的形式来到我们手上。后来我阅读了正式出版的《茶花女》，才知道当初读到的只是一个缩写本。

　　我记得一个同学把我叫到一边，悄悄告诉我，他借到了一本旷世好书，他看看四周没人，神秘地说：

　　"是爱情的。"

　　听说是爱情的，我立刻热血沸腾了。我们一路小跑，来到了这个拥有《茶花女》手抄本的同学的家中，喘息未定，这个同学从书包里取出白色铜版纸包着的手抄本。

　　清秀的字体抄写在一本牛皮纸封皮的笔记本上。这个同学告诉我，只有一天时间，明天就要将手抄本还给人家。我们两个人的脑袋凑在一起阅读起来，这是激动人心的阅读过程，读到三分之一篇幅的时候，我们两个人已经感叹不已，没想到世界上还有这么好的小说。我们开始害怕失去它了，我们想永久占有它。看看手抄本《茶花女》并不是浩瀚巨著，我们决定停止阅读，开始抄写，在明天还书之前抄写完成。

这个同学找来一本他父亲没有用过的笔记本，也是牛皮纸封皮的，我们开始了接力抄写。我先上阵，抄写累了，他赶紧替下我；他抄写累了，我接过来。在他父母快要下班回家的时候，我们决定撤离，去一个更加安全的地方。我们商量了一下，决定返回学校的教室。

当时我们高中年级在二楼，初中年级在一楼。虽然所有教室的门都上了锁，可是总会有几扇窗户没有插好铁栓，我们沿着一楼初中年级教室的窗户检查过去，找到一扇没有关上的窗户，打开后，翻越了进去，开始在别人的教室里继续我们的接力抄写。天黑后，拉了一下灯绳，让教室的日光灯照耀着我们的抄写。

我们饥肠辘辘又疲惫不堪，就将课桌推到一起，一个抄写的时候，另一个躺到课桌组成的床上。我们一直干到清晨，一个抄写时，另一个在课桌上睡着了。我们互相替换的次数越来越多，刚开始一个人可以一口气抄写半个小时以上的时间，后来五分钟就得换人了。他躺到课桌上，鼾声刚起，我就起身去拍拍他：

"喂，醒醒，轮到你了。"

等我刚睡着，他来拍打我的身体了，"喂，醒醒。"

就这样，我们不断叫醒对方，终于完成了我们人生里最为伟大的抄写工作。我们从教室的窗户翻越出去，在晨曦里一路打着呵欠走出学校。分手的时候，他将我们两个人合作的手抄本交给我，慷慨地让我先去阅读。他拿着字迹清秀的手抄原本，看看东方的天空上出现了一圈红晕，说是要将《茶花女》的手抄原本先去归还，然后再回家睡觉。

回到家中，我的父母还在梦乡里，我匆匆吃完昨晚留在桌上的冷饭冷菜，躺到床上就睡着了。好像没过多久，我父亲的吼叫将我吵醒，问我昨晚野到哪里了。我嘴里哼哼哈哈，似答非答，翻个身继续睡觉。

我一觉睡到中午，这天我没有去上学，在家里读起了自己的手抄本《茶花女》。我们的抄写开始时字迹还算工整，越到后面越是潦草。我自己潦草的字迹还能辨认，可是同学的潦草字迹就完全看不明白了。我读得火冒三丈，忍无可忍之后，我将手抄本放进胸口处的衣服里，走出家门去寻找那位同学。

我在中学的篮球场上找到了他，这家伙正在运球上篮，我怒吼着他的名字，他吓了一跳，转身吃惊地看着我。我继续怒吼：

"过来！你过来！"

可能是我当时摆出一副准备打架的模样，他被激怒了，将篮球往地上使劲一扔，握紧拳头满头大汗地走过来，冲着我叫道：

"你想干什么？"

我将胸口处衣服里面的手抄本取出来，给他看一眼后立刻放了回去，愤怒地说：

"老子看不懂你写的字。"

他明白是怎么回事了，擦着满脸的汗水，嘿嘿笑着跟随我走进了学校的小树林。在小树林里，我取出我们的手抄本，继续自己的阅读。我让他站在身旁，我一边阅读，一边不断怒气冲冲地问他：

"这些是什么字？"

我口吃似的，结结巴巴地读完了《茶花女》。尽管如此，里面的故事和人物仍然让我心酸不已，我抹着眼泪，意犹未尽地将我们的手抄本交给他，轮到他去阅读了。

当天晚上，我已经在床上睡着了，他来到了我的家门外，怒气冲冲地喊叫我的名字，他同样也看不明白我潦草的字迹。我只好起床，陪同他走到某个路灯下。他在夜深人静里情感波动地阅读，我呵欠连连靠在电线杆上，充当一位尽职的陪读，随时向他提供辨认潦草字体的应召服务。

第三个版本从街头阅读说起。我说的是大字报，这是"文化大革命"馈赠给我们小镇的独特风景。在当时，撕掉墙上的大字报属于反革命行为，新的大字报只能贴在旧的大字报上面，墙壁越来越厚，让我们的小镇看上去像是穿上了臃肿的棉袄。

我没有读过"文化大革命"早期的大字报，那时候我刚上小学，七岁左右，所认识的汉字只能让我吃力地读完大字报的标题。我当时的兴趣是在街头激烈的武斗上面，我战战兢兢地看着我们小镇上的成年人相互斗殴，他们手挥棍棒，嘴里喊叫着"誓死捍卫伟大领袖毛主席"的口号，互相打得头破血流。这让年幼的我百思不得其解：既然都是为了保卫毛主席，为何还要互相打得你死我活？

我当时十分胆小，每次都是站在远处观战，斗殴的人群冲杀过来时，我立刻撒腿就跑，距离保持在子弹射程之外。比我大两岁的哥哥胆量过人，他每次都是站在近处观赏武斗，而且双手叉腰，一副休闲的模样。

我们当时每天混迹街头，看着街上时常上演的武斗情景，就像在电影院里看黑白电影一样。我们这些孩子之间有过一个口头禅，把上街玩耍说成"看电影"。几年以后，电影院里出现了彩色的宽银幕电影，我们上街的口头禅也随之修改。如果有一个孩子问："去哪里？"正要上街的孩子就会回答："去看宽银幕电影。"

我迷恋上大字报阅读时已是一名初中学生。大约是 1975 年左右，"文化大革命"进入了后期，沉闷窒息的社会替代了血腥武斗的社会。虽然小镇的街道一成不变，可是街道上的内容变了。我们也从看"黑白电影"变成了看"宽银幕电影"。对于我们这些街头孩子来说，"宽银幕电影"远远没有早期的"黑白电影"好看。"文化大革命"早期，我们小镇的街道喧嚣热闹，好比是好莱坞的动作电影；到了"文化大革命"后期，街道安静沉寂，好比是欧洲现代主义的艺术电影。我们从街头儿童变成了街头少年，我们的生活也从动作电影进入到了艺术电影。艺术电影里长时间静止的画面和缓慢推进的长镜头，仿佛就是我们在"文化大革命"后期的生活节奏。

我现在闭上眼睛，就可以看到这样的镜头：三十多年前的自己，一个放学回家的初中生，身穿有补丁的衣服，脚蹬一双磨损后泛白的黄球鞋，斜挎破旧的书包，沿着贴满大字报的街道无所事事地走来。

我就是在这个陈旧褪色的镜头里获得了阅读大字报的乐趣。

就像观赏艺术电影需要审美的耐心一样，"文化大革命"后期的生活需要仔细品尝，才会发现某个平淡的事物后面，其实隐藏着神奇。

1975 年的时候，人们对大字报已经麻木不仁，尽管还有新的大字报不断贴到墙上去，可是很少有人驻足阅读。这时的大字报正在失去其自身的意义，正在成为墙壁的内容。人们习惯于视而不见地从它们身旁走过，我也是这视而不见的人群中的一员。直到有一天，我注意到一张大字报上有一幅漫画，然后继《毛泽东选集》里的注释之后，我又一个阅读的新大陆被发现了。

我记得是一种拙笨的笔法，画了一张床，床上坐着一男一女两个人，而且涂上了花花绿绿的颜色。这幅奇特的漫画让我怦然心动。当时我见惯了宣传画上男男女女的革命群众如何昂首挺胸，可是画面上的男女之间出现一张床，是我前所未见的。这张画得歪歪扭扭的床，竟然出现在充满着革命意义的大字报上面，还有同样画得歪歪扭扭的一男一女，床的色情含义昭然若揭，我想入非非地读起了这张大字报。

这是我第一次认真阅读的大字报。在密集出现的毛主席语录和口号似的革命语言之间，我读到了一些引人入胜的片言只语，这些片言只语讲述了我们小镇上一对偷情男女的故事梗概。虽然没有读到直接的性描写语句，可是性联想在我脑海里如同一叶扁舟开始乘风破浪了。

这对偷情男女的真实姓名就书写在花花绿绿的漫画上面，我添油加醋地将这个梗概告诉几个关系亲密的同学，这几个同学听得眼睛发直。然后，我们兴致勃勃地分头去打听这对偷情男女的住处和工作单位。

几天以后，我们成功地将人和姓名对号入座。男的就住在我们小镇西边的一个小巷里，我们几个同学在他的家门口守候多时，才见到他下班回家。这个被人捉奸在床的男人一脸阴沉地看了我们一眼，转身走进了自己的家中。女的是在六七公里之外的一个小镇百货商店工作。仍然是我们这几个同学，约好了某个星期天，长途跋涉不辞辛苦地来到了那个小镇，找到那家只有五十平方米左右的百货商店，看到里面有三个女售货员，我们不知道是哪个。我们站在商店的大门口，悄悄议论哪个容貌出众，最后一致的意见是都不漂亮。然后我们大叫一声大字报上的那个名字，其中一个答应一声，转身诧异地看着我们，我们哈哈大笑拔腿就跑。

这是我们当时沉闷枯燥生活的真实写照，因为认识了大字报上偷情故事的人物原型，我们会兴高采烈很多天。

"文化大革命"后期的大字报尽管仍旧充斥着毛主席语录、鲁迅先生的话和从报纸上抄录下来的革命语言，可是大字报的内容悄然变化了。造反时不同派别形成的矛盾或者生活里发生的冲突等等，让谣言、谩骂和揭露隐私成为"文化大革命"后期大字报的新宠。于是里面有时会出现一些和性有关的语句。不正当的男女关系，成了那时候人们互相攻击和互相诋毁谩骂的热门把柄。我因此迷恋上了大字报的阅读，每天下午放学回家的路上，都要仔细察看是否出现了新的大字报，是否出现了新的性联想语句。

这是沙里淘金似的阅读，经常会连续几天读不到和性有关的语句。我的这几个同学起初兴趣十足地和我一起去阅读大字报，没几天他们就放弃了，他们觉得这是赔本的买卖，瞪大眼睛阅读了两天，也就是读到一些似是而非的句子。他们说还不如我添油加醋以后的讲解精彩。他们因此鼓励我坚持不懈地读下去，因为每天早晨上学时，他们就会充满期待地凑上来，悄悄问我：

"有没有新的？"

一个未婚女青年和一个已婚男人的偷情梗概，是我大字报阅读经历里最为惊心动魄的时刻，也是我读到的最为详细的内容，部分段落竟然引用了这对偷情男女后来写下的交代材料。

　　他们偷情的前奏曲是男的在水井旁洗衣服。他的妻子在外地工作，每年只有一个月的探亲假才能回来，所以邻居的一位未婚女青年经常帮助他洗衣服。起初她将他的内裤取出来放在一旁，让他自己清洗。过了一些日子以后，她不再取出他的内裤，自己动手清洗起来。然后进入了偷情的小步舞曲，除了洗衣服，她开始向他借书，并且开始和他讨论起了读书的感受，她经常进入到他的卧室。于是偷情的狂欢曲终于来到了，两个人发生了性关系。一次、两次、三次，第三次时被人捉奸在床。

　　到了"文化大革命"后期，捉奸的热情空前高涨，差不多替代了"文化大革命"早期的革命热情。一些吃不到葡萄说葡萄酸的人，将自己偷情的欲望转化成捉奸的激情，只要怀疑谁和谁可能存在不正当男女关系，就会偷偷监视他们，时机一旦成熟，立刻撞开房门冲进去，活捉赤身裸体的男女。这对可怜的男女，就是这样演绎了偷情版的柴可夫斯基的"悲怆交响曲"。

　　我在大字报上读到这个未婚女青年交代材料里的一句话，她第一次和男人性交之后，觉得自己"坐不起来了"。这句话让我浑身发热，随后浮想联翩。当天晚上，我就把那几个同学召集到一起，在河边的月光下，在成片飘扬的柳枝掩护下，我悄声对他们说：

"你们知道吗？女的和男的干过那事以后会怎么样？"

这几个同学声音颤抖地问："会怎么样？"

我神秘地说："女的会坐不起来。"

我的这几个同学失声叫道："为什么？"

为什么？其实我也不知道。不过，我还是老练地回答："你们以后结婚了就会知道为什么。"

我在多年之后回首这段往事时，将自己的大字报阅读比喻成性阅读。有意思的是，我的性阅读的高潮并不是发生在大街上，而是发生在自己家里。

因为我的父母都是医生，所以我们的家在医院的宿舍楼里。这是一幢两层的楼房，楼上楼下都有六个房间，像学校的两层教室那样，通过公用楼梯才能到楼上去。这幢楼房里住了在医院工作的十一户人家，我们家占据了两个房间，我和哥哥住在楼下，我们的父母住在楼上。楼上父母的房间里有一个小书架，上面堆放了十来册医学方面的书籍。

我和哥哥轮流打扫楼上这个房间，父母要求我们打扫房间时，一定要将书架上的灰尘擦干净。我经常懒洋洋地用抹布擦着书架，却没有想到这些貌似无聊的医学书籍里隐藏着惊人的神奇。我在小学毕业的那个暑假里曾经浏览过它们，也没有发现里面的神奇。

我的哥哥发现了。那时候我是一个初二学生，我哥哥是高二学生。有一段日子里，趁着父母上班的时候，我哥哥经常带着他的几个男同学，鬼鬼祟祟地跑到楼上的房间里，然后发出一些稀奇古怪的叫声。

我在楼下经常听到楼上的古怪叫声，开始怀疑楼上有什么秘密勾当。可是当我跑到楼上以后，我哥哥和他的同学们一副若无其事的模样，嬉笑地聊天。我仔细察看，也看不出什么破绽来。当我回到楼下的房间后，稀奇古怪的叫声立刻又在楼上响起。这样的怪叫声在我父母的房间里持续了差不多两个月，我哥哥的同学们络绎不绝地来到了楼上父母的房间，我觉得他整个年级的男生都去过我家楼上的房间了。

我坚信楼上房间里存在着不可告人的秘密。有一天轮到我打扫卫生时，我像一个侦探似的认真察看每一个角落，没有发现什么。然后我的注意力来到了书架上，我怀疑这些医学书籍里可能夹着什么。我一本一本地取下来，一页一页认真检查着翻过去。当我手里捧着《人体解剖学》翻过去时，神奇出现了：一张彩色的女性阴部的图片倏然在目。好似一个晴天霹雳，让我惊得目瞪口呆。然后，我如饥似渴地察看这张图片的每个细节，以及关于女性阴部的全部说明。

我不知道自己当初第一眼看到女性阴部的彩色图片时是否失声惊叫了，那一刻我完全惊呆了，根本不知道自己是什么反应。我所知道的是，此后我的初中同学们开始络绎不绝地来到我家楼上，发出他们的一声声惊叫。在我哥哥高中年级的男生们纷纷光顾我家楼上之后，我初中年级的男生们也都在那个房间里留下了他们发自肺腑的叫声。

第四个版本的阅读应该从 1977 年开始。"文化大革命"结束以后，被视为毒草的禁书重新出版。托尔斯泰、巴尔扎克和狄更斯们的文学作品最初来到我们小镇书店时，其轰动效应仿佛是现在的歌星出现在穷乡僻壤一样。人们奔走相告，翘首以待。由于最初来到我们小镇的图书数量有限，书店贴出告示，要求大家排队领取书票，每个人只能领取一张书票，每张书票只能购买两册图书。

当初壮观的购书情景，令我记忆犹新。天亮前，书店门外已经排出两百多人的长队。有些人为了获得书票，在前一天傍晚就搬着凳子坐到了书店的大门外，秩序井然地坐成一排，在相互交谈里度过漫漫长夜。那些凌晨时分来到书店门前排队的人，很快发现自己来晚了。尽管如此，这些人还是满怀侥幸的心态，站在长长的队列之中，认为自己仍然有机会获得书票。

我就是这些晚来者中间的一员。我口袋里揣着五元人民币，这对当时的我来说是一笔巨款，我在晨曦里跑向书店时，右手一直在口袋里捏着这五元钱，由于只是甩动左手，所以身体向左倾斜地跑到书店门前。我原以为可以名列前茅，可是跑到书店前一看，心凉了半截，觉得自己差不多排在三百人之后了。在我之后，还有人在陆续跑来，我听到他们嘴里的抱怨声不断：

"起了个大早，赶了个晚集。"

旭日东升之时，这三百多人的队伍分成了没有睡眠和有睡眠两个阵营，前面阵营的人都是在凳子上坐了一个晚上，这些一夜未睡的人觉得自己稳获书票，他们互相议论着应该买两本什么书。后面阵营的都是一觉睡醒后跑来的，他们关心的是发放多少张书票。然后传言四起，先是前面坐在凳子上的人声称不会超过一百张书票，立刻遭到后面站立者的反驳，站立者中间有人说会发放两百张书票，站在两百位以外的人不同意了，他们说应该会多于两百张。就这样，书票的数目一路上涨，最后有人喊叫着说会发放五百张书票，我们全体不同意了，认为不可能有这么多。总共三百多个人在排队，如果发放五百张书票，那么我们全体排队者的辛苦就会显得幼稚可笑。

早晨七点整，我们小镇新华书店的大门慢慢打开。当时有一种神圣的情感在我心里涌动，这扇破旧的大门打开时发出嘎吱嘎吱难听的响声，可是我却恍惚觉得是舞台上华丽的幕布在徐徐拉开。书店的一位工作人员走到门外，在我眼中就像是一个神气的报幕员。随即，我心头神圣的感觉烟消云散，这位工作人员叫嚷道：

"只有五十张书票，排在后面的回去吧！"

如同在冬天里往我们头上泼了一盆凉水，让我们这些后面的站立者从头凉到了脚。一些人悻悻而去，另一些人牢骚满腹，还有一些人骂骂咧咧。我站在原处，右手仍然在口袋里捏着那张五元纸币，情绪失落地看着排在最前面的人喜笑颜开地一个个走进去领取书票，对他们来说，书票越少，他们的彻夜未眠就越有价值。

很多没有书票的人仍然站在书店门外，里面买了书的人走出来时，喜形于色地展览他们手中的成果。我们这些书店外面的站立者，就会选择各自熟悉的人围上去，十分羡慕地伸手去摸一摸《安娜·卡列尼娜》《高老头》和《大卫·科波菲尔》这些崭新的图书。我们在阅读的饥饿里生活得太久了，即便是看一眼这些文学名著的崭新封面，也是莫大的享受。有几个慷慨的人，打开自己手中的书，让没有书的人凑上去用鼻子闻一闻油墨的气味。我也得到了这样的机会，这是我第一次去闻新书的气味，我觉得淡淡的油墨气味有着令人神往的清香。

我记忆深刻的是排在五十位之后的那几个人，可以用痛心疾首来形容这几个人的表情，他们脏话连篇，有时候像是在骂自己，有时候像是在骂不知名的别人。我们这些排在两百位之后的人，只是心里失落一下而已；这几个排在五十位之后的人是眼睁睁看着煮熟的鸭子飞走了，心里的难受可想而知。尤其是那个第五十一位，他是在抬腿往书店里走进去的时候，被挡在了门外，被告知书票已经发放完了。他的身体一动不动地在那里站了一会儿，然后低头走到一旁，手里捧着一只凳子，表情木然地看着里面买到书的人喜气洋洋地走出来，又看着我们这些外面的人围上去，如何用手抚摸新书和如何用鼻子闻着新书。他的沉默有些奇怪，我几次扭头去看他，觉得他似乎是在用费解的眼神看着我们。

后来，我们小镇上的一些人短暂地谈论过这个第五十一位。他是和三个朋友玩牌玩到深夜，才搬着凳子来到书店门前，然后坐到天亮。听说在后来的几天里，他遇到熟人就会说：

"我要是少打一圈牌就好了，就不会是五十一了。"

于是，五十一也短暂地成为过一个流行语，如果有人说："我今天五十一了。"他的意思是说："我今天倒霉了。"

三十年的光阴过去之后，我们从一个没有书籍的年代来到了一个书籍泛滥过剩的年代。今天的中国每年都要出版二十万种以上的图书。过去，书店里是无书可卖；现在，书店里书籍太多之后，我们不知道应该买什么书。随着网络书店销售折扣图书之后，传统的实体书店也纷纷打折促销。超市里在出售图书，街边的报刊亭也在出售图书，还有路边的流动摊贩们叫卖价格更为低廉的盗版图书。过去只有中文的盗版图书，现在数量可观的英文盗版图书也开始现身于我们的大街小巷。

北京每年举办的地坛公园书市，像庙会一样热闹。在一个图书的市场里，混杂着古籍鉴赏、民俗展示、摄影展览、免费电影、文艺演出，还有时装表演、舞蹈表演和魔术表演；银行、保险、证券和基金公司趁机推出他们的理财产品；高音喇叭发出的音乐震耳欲聋，而且音乐随时会中断，开始广播找人。在人来人往拥挤不堪的空间里，一些作家学者置身其中签名售书，还有一些江湖郎中给人把脉治病，像是签名售书那样开出一张张药方。

几年前，我曾经在那里干过签名售书的差事，嘈杂响亮的声音不绝于耳，像是置身在机器轰鸣的工厂车间里。在一排排临时搭建的简易棚里，堆满了种类繁多的书籍，售书者手举扩音器大声叫卖他们的图书，如同菜市场的小商小贩在叫卖蔬菜水果和鸡鸭鱼肉一样。这是我印象最为深刻的场景。价值几百元的书籍被捆绑在一起，以十元或者二十元的超低价格销售。推销者叫叫嚷嚷，这边"二十元一捆图书"的叫卖声刚落，那边更具价格优势的"十元一捆"喊声已起：

"跳楼价！十元一捆的经典名著！"

叫卖者还会发出声声感叹："哪是在卖书啊？这他妈的简直是在卖废纸。"

然后叫卖声出现了变奏："快来买呀！买废纸的钱可以买一捆经典名著！"

抚今追昔，令我感慨万端。从三百多人在小镇书店门前排队领取书票，到地坛公园书市里叫卖十元一捆的经典名著，三十年仿佛只是一夜之隔。此时此刻，当我回首往事去追寻自己真正意义上的文学阅读之旅，我的选择会从1977年那个书店门前的早晨开始，当然不会在今天的地坛公园书市的叫卖声里结束。

虽然三十多年前的那个早晨我两手空空，可是几个月以后，崭新的文学书籍一本本来到了我的书架上，我的阅读不再是"文化大革命"时期吃了上顿没下顿，我的阅读开始丰衣足食，而且像江水长流不息那样持续不断了。

曾经有人问我："三十年的阅读给了你什么？"

面对这样的问题，如同面对宽广的大海，我感到自己无言以对。

我曾经在一篇文章的结尾这样描述自己的阅读经历："我对那些伟大作品的每一次阅读，都会被它们带走。我就像是一个胆怯的孩子，小心翼翼地抓住它们的衣角，模仿着它们的步伐，在时间的长河里缓缓走去，那是温暖和百感交集的旅程。它们将我带走，然后又让我独自一人回去。当我回来之后，才知道它们已经永远和我在一起了。"

我想起了 2006 年 9 月里的一个早晨，我和妻子走在德国杜塞尔多夫的老城区时，突然发现了海涅故居，此前我并不知道海涅故居在那里。在临街的联排楼房里，海涅的故居是黑色的，而它左右的房屋都是红色的，海涅的故居比起它身旁已经古老的房屋显得更加古老。仿佛是一张陈旧的照片，中间站立的是过去时代里的祖父，两旁站立着过去时代里的父辈们。

我之所以提起这个四年前的往事，是因为这个杜塞尔多夫的早晨让我回到了自己的童年，回到了我在医院里度过的难忘时光。

我前面已经说过，我过去居住在医院的宿舍楼里。这是当时中国的一个比较普遍的现象，城镇的职工大多是居住在单位里。我是在医院的环境里长大的，我童年时游手好闲，独自一人在医院的病区里到处游荡。我时常走进医护室，拿几个酒精棉球擦着自己的双手，在病区走廊上溜达，看看几个已经熟悉的老病人，再去打听一下新来病人的情况。那时候我不是经常洗澡，可是我的双手每天都会用酒精棉球擦上十多次，我曾经拥有过一双世界上最为清洁的手。与此同时，我每天呼吸着医院里的来苏水儿气味。我小学时的很多同学都讨厌这种气味，我却十分喜欢，我当时有一个理论，既然来苏水儿是用来消毒的，那么它的气味就会给我的两叶肺消毒。现在回想起来，我仍然觉得这种气味不错，因为这是我成长的气味。

我父亲是一名外科医生。当时医院的手术室只是一间平房，我和哥哥经常在手术室外面玩耍，那里有一块很大的空地，阳光灿烂的时候总是晾满了床单，我们喜欢在床单之间奔跑，让散发着肥皂气息的潮湿床单拍打在我们脸上。

这是我童年的美好记忆，不过这个记忆里还有着斑斑血迹。我经常看到父亲给病人做完手术后，口罩上和手术服上满是血迹地走出来。离手术室不远有一个池塘，手术室的护士经常提着一桶从病人身上割下来的血肉模糊的东西，走过去倒进池塘里。到了夏天，池塘里散发出了阵阵恶臭，密密麻麻的苍蝇像是一张纯羊毛地毯全面覆盖了池塘。

那时候医院的宿舍楼里没有卫生设施，只有一个公用厕所在宿舍楼的对面，医院的太平间也在对面。厕所和太平间一墙之隔地紧挨在一起，而且都没有门。我每次上厕所时都要经过太平间，都会习惯性地朝里面看上一眼。太平间里一尘不染，一张水泥床在一扇小小的窗户下面，窗外是几片微微摇晃的树叶。太平间在我的记忆里，有着难以言传的安宁之感。我还记得，那地方的树木明显比别处的树木茂盛茁壮。我不知道是太平间的原因，还是厕所的原因。

我在太平间对面住了差不多十年时间，可以说我是在哭声中成长起来的。那些因病去世的人，在他们的身体被火化之前，都会在我家对面的太平间里躺上一晚，就像漫漫旅途中的客栈，太平间沉默地接待了那些由生向死的匆匆过客。

我在很多个夜晚里突然醒来，聆听那些失去亲人以后的悲痛哭声。十年的岁月，让我听遍了这个世界上所有的哭声，到后来我觉得已经不是哭声了，尤其是黎明来临之时，哭泣者的声音显得漫长持久，而且感动人心。我觉得哭声里充满了难以言传的亲切，那种疼痛无比的亲切。有一段时间，我曾经认为这是世界上最为动人的歌谣。就是那时候我发现，大多数人都是在黑夜里去世的。

那时候夏天的炎热难以忍受，我经常在午睡醒来时，看到草席上汗水浸出来的自己的完整体形，有时汗水都能将自己的皮肤泡白。

　　有一天，我鬼使神差地走进了对面的太平间，仿佛是从炎炎烈日之下一步跨进了冷清月光之下，虽然我已经无数次从太平间门口经过，走进去还是第一次，我感到太平间里十分凉爽。然后，我在那张干净的水泥床上躺了下来，我找到了午睡的理想之处。在后来一个又一个的炎热中午，我躺在太平间的水泥床上，感受舒适的清凉，有时候进入的梦乡会有鲜花盛开的情景。

　　我是在中国的"文化大革命"里长大的，当时的教育让我成为一个彻底的无神论者，我不相信鬼的存在，也不怕鬼。所以当我在太平间干净的水泥床上躺了下来时，它对于我不是意味着死亡，而是意味着炎热夏天里的凉爽生活。

　　曾经有过几次尴尬的时候，我躺在太平间的水泥床上刚刚入睡，突然有哭泣哀号声传来，将我吵醒，我立刻意识到有死者光临了。在越来越近的哭声里，我这个水泥床的临时客人仓皇出逃，让位给水泥床的临时主人。

　　这是我的童年往事。成长的过程有时候也是遗忘的过程，我在后来的生活中完全忘记了这个令人战栗的美好的童年经历：在夏天炎热的中午，躺在太平间象征着死亡的水泥床上，感受着凉爽的人间气息。

直到多年后的某一天，我偶尔读到了海涅的诗句："死亡是凉爽的夜晚。"

这个消失已久的童年记忆，在我颤动的心里瞬间回来了。像是刚刚被洗涤过一样，清晰无比地回来了，而且再也不会离我而去。

假如文学中真的存在某些神秘的力量，我想可能就是这个。就是让一个读者在属于不同时代、不同国家、不同民族、不同语言和不同文化的作家的作品那里，读到属于自己的感受。海涅写下的，就是我童年时在太平间睡午觉时的感受。

我告诉自己："这就是文学。"

（原载《收获》2016 年第 2 期）

03

我们时代的塑胶跑道

◎迟子建

哈尔滨对于我来说，是一座埋藏着父辈眼泪的城。

埋藏着父辈眼泪的城，在后辈的写作者眼里，可以是一只血脚印，也可以是一颗露珠。

我十七岁前的行迹，就在连绵的大兴安岭山脉。山脉像长长的看不见的线，日月之光是闪亮的针，把我结结实实缝在它的怀抱中。初春的风认识我，我总是小镇那个早早摘掉围脖和手套的女孩，所以我的手总是比别的孩子要皴。夏日的溪流认得我，我常去那洗衣裳刷鞋子，将它们晾晒在溪畔草丛，交由太阳这个大功率烘干机，奔向树林采摘野果。可恶的树枝总是刮破我的衣裳，所以我身上的补丁也比别的女孩多。秋天时凝结在水洼上的薄冰认得我，它们莹白的肌肤上有着妖娆的纹路，被晨曦映照得像一面镶嵌着花枝的铜镜，我爱穿着水靴，把它们一个个踩烂，听着冰的碎裂声，感觉自己在用脚放爆竹，十分畅快，完全不理会冰的疼痛。冬天生产队的牛马认得我，那时上学除了交学费，还得交粪肥，只要发现公家的牛马出来拉脚，我就提着粪筐尾随着。可有时你跟了半里地，它们一个粪球都不赏，我便赌气地团了雪球打牛马，这时总会遭到车老板的叱骂。所以开学之前，因为粪肥不够秤，我和邻居小伙伴曾去牲口棚偷过马粪。

我少年时代的生活世界就是这样，在大自然的围场里，我是它的一个小小生物，与牛马猪羊、树木花鸟一样，感受这世界的风霜雨雪。无边无际的森林，炊烟袅袅的村落，繁花似锦的原野，纵横交织的溪流，是城市孩子在电影或画册中看到的情景，可它们却是我的日常生活图卷。

我对哈尔滨最早的认知，是从父亲的回忆中。童年的我懵懂无知，曾闹出不少笑话。比如看完京剧《沙家浜》，我认定有的地方的人是唱着说话的。比如父亲提到城市的公园时，我自作聪明地以为，这是男人才能进的园子。因为我们小镇的男人谈及女人生孩子，不说生男生女，而说生公生母，很自然地把人归于动物的行列。父亲童年不幸，我奶奶去世早，爷爷便把父亲从帽儿山送到哈尔滨的四弟家，而他四弟是在兆麟公园看门的，多子多女，生活拮据。父亲在哈尔滨读中学时寄宿，他常在酒醉时讲他去食堂买饭，不止一次遭遇因家长没有给他续上伙食费，而被停伙的情景。贫穷和饥饿的滋味，被父亲过早地尝到了。父亲说他功课不错，小提琴拉得也好，但因家里没钱供他继续求学，中学毕业后，他没跟任何人商量，独自报名来参加大兴安岭的开发建设。爷爷的四弟得知这个消息时，父亲已在火车站了。父亲这一去，直到 1986 年因病辞世，近三十年没回过哈尔滨。而他留给我的哈尔滨故事，多半浸透着眼泪。

父亲去世后，1990 年我从大兴安岭师范学校，调转到哈尔滨工作。每次去兆麟公园，我都会忧伤满怀，想着这曾是父亲留下足迹的地方啊，谁能让他的脚印复活呢。

初来哈尔滨，我的写作与这座城市少有关联，虽是它的居民，但更像个过客，还是倾情写我心心念念的故乡。直到上世纪末我打造《伪满洲国》，哈尔滨作为这个历史舞台的主场景之一，我无法回避，所以开始读城史，在作品中尝试建构它。但它始终没有以强悍的主体风貌，在我作品中独立呈现过。十年过去了，二十年过去了，我在哈尔滨生活日久，了解愈深，自然而然将笔伸向这座城，于是有了《黄鸡白酒》《起舞》《白雪乌鸦》《晚安玫瑰》等作品。

熟悉我的读者朋友知道，我的长篇小说节奏，通常是四到五年一部。其实写完《群山之巅》，这部关于哈尔滨的长篇，就列入我的创作计划中。无论是素材积累的厚度，还是在情感浓度上，我与哈尔滨已难解难分，很想对它进行一次酣畅淋漓的文学表达。完成《候鸟的勇敢》《炖马靴》等中短篇小说后，2019年4月，我开始了《烟火漫卷》的写作。上部与下部的标题，也是从一开始就确定了的——《谁来署名的早晨》与《谁来落幕的夜晚》。写完上部第二章，我随中国作协代表团访欧，虽然旅途中没有续写，但笔下的人物和故事，一路跟着我漂洋过海，始终在脑海沉浮升腾，历经了另一番风雨的考验。

我们首站去的是我2000年到访过的挪威，因为卑尔根给我留下的印象太深了，当年归国后我还写了个短篇《格里格海的细雨黄昏》。而此次到卑尔根，最令我吃惊的是，这座城市少有变化，几乎每个标志性建筑物和街道，还都是我记忆中的模样，甚至是城中心广场的拼花地砖，一如从前。而在中国，如果你相隔近二十年再去一座城市，熟悉感会荡然无存，它既说明了中国的飞速发展，也说明我们缺乏城市灵魂。而有老灵魂的城市，一砖一瓦、一木一石都是有情的。在卑尔根海岸，我眼前浮现的是"榆樱院"的影子，这座小说中的院落，在现实的哈尔滨道外区不止一处，它们是中华巴洛克风格的老建筑，历经百年，其貌苍苍，深藏在现代高楼下，看上去破败不堪，但每扇窗子和每道回廊，都有故事。它们不像中央大街黄金地段的各式老建筑，被政府全力保护和利用起来。这种半土半洋的建筑，身处百年前哈尔滨大鼠疫发生地，与这个区的新闻电影院一样，是引车卖浆者的乐园，夜夜上演地方戏，演绎着平民的悲喜剧。从这些遗留的历史建筑上，能看到它固守传统，又不甘于落伍的鲜明痕迹。这种艺术的挣扎，是城市的挣扎，也是生之挣扎吧。

从卑尔根我看到了"榆樱院"这类建筑褶皱深处的光华，到了塞尔维亚，我则仿佛相遇了《烟火漫卷》中那些伤痛的人——伤痛又何时分过语言和肤色呢！在塞尔维亚的几日少见晴天，与塞尔维亚作家的两场交流活动，也就在阴雨中进行。其中几位前南老作家，令我肃然起敬。他们朴素得像农夫，好像每个人都刚参加完葬礼，脸上弥漫着一股说不出的哀伤。对，是哀伤不是忧伤。忧伤是黎明前的短暂黑暗，哀伤则是夕阳西下后漫长的黑暗。他们对文学的虔敬，对民族命运的忧虑，使得他们的发言惜字如金，但说出的每句话，又都带着可贵的文学温度，那是血泪。这是我参加的各类国际文学论坛中，唯一没有谁用调侃和玩世不恭语气说话、唯一没有笑声发出的座谈。窗里的座谈氛围与窗外的冷雨，形成一体。苦难和尊严，是文学的富矿和好品质，一点不假，安德里奇的《德里纳河上的桥》诞生在这片土地，不足为奇。塞尔维亚作家脑海中抹不去对战争废墟的记忆，而我们也抹不掉对这片土地一堆废墟的记忆。尽管穿城而过的多瑙河在雾雨中，不言不语地向前，但伤痛的记忆依然回流，刻在我们每个人的心上。

五月初归国后，回到书桌前的我，总觉在阴雨中，虽说外面春花烂漫。作家在心灵世界应该置身的，就是这样的天气吧。我一边写长篇，一边忙公务。因为筹建黑龙江文学馆，馆陈内容由我牵头负责，所以几乎每周都要主持一次会议，和各门类专家梳理从古至今的黑龙江文学史。半年时间，召开了近二十场会，展陈大纲数易其稿。但无论多累，回到家里，我不忘垦殖这块长篇园地，它带给我创作的愉悦和心灵的安宁。

写累了，我会停顿一两天，乘公交车或是地铁，在城区之间穿行。我起大早去观察医院门诊挂号处排队的人们，到凌晨的哈达果蔬批发市场去看交易情况，去夜市吃小吃，到花市看花，去旧货市场了解哪些老器物受欢迎，到天主堂看教徒怎样做礼拜。当然，我还去新闻电影院看二人转，到老会堂音乐厅欣赏演出，寻味道外风味小吃。凡是我作品涉及的地方，哪怕只是一笔带过，都要去触摸一下它的门，或是感受一下它的声音或气息。最触动我的，是在医大二院地铁站看到的情景。从那里上来的乘客，多是看病的或是看护病患者的，他们有的提着装有医学影像片子的白色塑料袋，有的拎着饭盒，大都面色灰黄，无精打采。有的上了地铁找到座位，立刻就歪头打盹。在一个与病相关的站点，感觉是站在命运的交叉口，多少生命就此被病魔吞噬，又有多少生命经过救治重获新生。这个站点的每一盏灯，都像神灯。能够照耀病患者的灯，必是慈悲的。

长篇写到三分之二处，我遭遇到一个网上恶帖的攻击，选择报案后，虽然心情受到影响，但并未因此停笔。文学确实是晦暗时刻的闪电，有一股穿透阴霾的力量。与此同时，我和同事又马不停蹄地筹备作协换届。但无论多忙，我每天都要把长篇打开，即便一字不写，也要感受一下它的气息。

2019年岁末，长篇初稿终于如愿完成了。记得写完最后一行字时，是午后三点多。抬眼望向窗外，天色灰蒙蒙的。我穿上羽绒服，去了小说中写到的群力外滩公园。春夏秋季时，来这里跑步和散步的人很多。那时只要天气好，我会在黄昏时去塑胶跑道，慢跑两千米。但冬季以后，天寒地冻，滩地风大，我只得在小区院子散步了。十二月的哈尔滨，太阳落得很早。何况天阴着，落日是没得看了。公园不见行人，一派荒凉。候鸟迁徙了，但留鸟仍在，寻常的麻雀在光秃秃的树间飞起落下。它们小小个头，却不惧风吹雪打，该有着怎样强大的心脏啊。

我沿着外滩公园猩红的塑胶跑道，朝阳明滩大桥方向走去。

这条由一家商业银行铺设的公益跑道，全长近四公里。最初铺设完工后，短短两三年时间，跑道多处破损，前年不得不铲掉重铺。因为塑胶材料有刺鼻的气味，所以施工那段日子，来此散步的人锐减。为了防止人们踏入未干透的跑道，施工方用马扎铁和绳子将跑道区域拦起来。可是六月中旬的一个傍晚，我去散步时，在塑胶跑道发现一只死去的燕子。燕子的嗅觉难道与人类不一样，把刺鼻的气味当成了芳香剂？它落入塑胶泥潭，翅膀摊开，还是飞翔的姿态，好像要在大地给自己做个美丽标本。而与它相距不远，则是一只凝然不动的大老鼠——没想到滩地的老鼠如此肥硕。这家伙看来不甘心死去，剧烈挣扎过，将身下那块塑胶，搅起大大的旋涡，像是用毛笔画出的一个逗号，虽说它的结局是句号。而我一路走过，还看见跑道上落着烟头、塑料袋、一次性口罩、糖纸、房屋小广告等，当然更多是树叶。本不是落叶时节，但那两日风大，绿的叶子被风劫走，命差的就落在塑胶跑道上，彻底毁了容颜。

无论死去的是燕子还是老鼠，无论它们是天上的精灵还是地上的窃贼，我为每个无辜逝去的生灵痛惜。

我们在保护人不踏入跑道时，没有想到保护大自然中与我们同生共息的生灵，这一直是人类最大的悲哀。

如今的塑胶跑道早已修复，我迎着冷风走到记忆中燕子和老鼠葬身之地时，哪还看得到一点疤痕？它早以全新的面貌，更韧性的肌理，承载着人们的脚步。去冬雪大，跑道边缘处有被风刮过来的雪，像是给火焰般的跑道镶嵌的一道白流苏。完成一部长篇，多想在冷风中看到一轮金红的落日啊，可天空把它的果实早早收走了，留给我的是阴郁的云。

2020 新年之后，开过作协换届会，极度疲惫的我立刻重感冒了，坚持着再开完省政协会，是年关了，我一路咳嗽着奔回故乡。每年腊月尽头，我都要去白雪笼罩的山上给父亲上坟，和他说说心里话。那天我一边给他洒酒和烧纸，一边告诉他我完成了一部关于哈尔滨的长篇小说，还告诉他去年是我过得最累的一年，但我挺过来了。父亲离开我们三十多年了，但我有了委屈，还是会说给他听。我总想另一世的父亲，一定还在疼着他的女儿。

还记得去年十一月中旬，长篇写到四分之三时，我从大连参加完东北学会议，乘坐高铁列车回哈尔滨。透过车窗望着茫茫夜，第一次感觉黑暗是滚滚而来的。一个人的内心得多强大，才能抵抗这世上自然的黑暗和我不断见证的人性黑暗啊。列车经过一个小城时，不知什么人在放烟火，冲天而起的斑斓光束，把一个萧瑟的小城点亮了。但车速太快，烟火很快被甩在身后，前方依然是绵延的黑暗。这不期而至的烟花，催下了我心底的泪水。

而在列车上流泪，这是第二次。第一次是 2002 年初春，爱人车祸罹难，我从哈尔滨乘夜行列车北上奔丧，眼泪流了一路。而这一次，却仿佛不是因为悲伤和绝望，而是在无边无际的黑暗中，看到了仿佛地层深处喷涌而出的如花绚丽。这种从绽放就宣告结束的美好，摄人心魄。所以回到哈尔滨后，我给小说中的一个历经创痛的主人公，放了这样一场烟火。

我的长篇通常修改两遍，年后从故乡回到哈尔滨，新冠肺炎疫情蔓延，哈尔滨与大多数省会城市一样，采取了限制出行措施。我与同事一边和《黑龙江日报》共同策划组织"抗疫"专号文章，一边修改长篇。每日黄昏，站在阳台暖融融的微光中，望着空荡荡的街市，有一种活在虚构中的感觉。与此同时，大量读书，网上观影。波拉尼奥的《2666》是这期间我读到的最复杂的一部书，小说中的每个人似乎都是现代社会"病毒"的潜在携带者，充满了不安、焦虑与恐惧，波拉尼奥对人性的书写深入骨髓。我唯一不喜欢的地方，是他把罪恶的爆发点集中在墨西哥，就像中国古典小说写到情爱悲剧，往往离不开"后花园"一样。如果人类存在着犯罪的渊薮，那它一定是从心灵世界开始的。

二月改过一稿，放了一个月，四月再改二稿，这部长篇如今要离开我，走向读者了。在小说家的世界中，总是发生着一场又一场的告别，那是与笔下人物无声的告别。在告别之际，我要衷心感谢《烟火漫卷》中的每个人物，每个生灵，是他们伴我度过又一个严冬。

我在哈尔滨生活了三十年，关于这座城市的文学书写，现当代都涌现了许多优秀作家，我只不过是其中一个小小的参与者。任何一块地理概念的区域，无论它是城市还是乡村，都是所有文学写作者的共同资源。这点作家不能像某些低等动物那样，以野蛮的撒尿方式圈占文学领地，因为没有任何一块文学领地是私人的。无论是黑龙江还是哈尔滨，它的文学与它的经济一样，是所有乐于来此书写和开拓的人的共同财富。

在埋藏着父辈眼泪的城市，我发现的是一颗露珠。

我对小说中写到的经营"爱心护送"车的人，做过艰难采访，因为他们中的绝大多数人是拒绝的。当然也有我在现实中寻不到的影子，但有我对这座城市历史的回溯中追踪到的人物。像犹太人谢普莲娜、俄裔工程师伊格纳维奇、日本战俘、民间画师等等，他们是百年前这片土地的青春面孔，如今他们的后辈，无论犹太后裔、战争遗孤还是退休狱警，与小镇弃尸者、孤独的老人、伤痛的少年、怀揣梦想的异乡人甚至城郊的赶马人等等，在哈尔滨共同迎来早晨、送别夜晚。当我告别这些人物时，感觉他们似乎还有没说完的话。还有作品中葬身塑胶泥潭的雀鹰，当我给这部书画上句号时，又看见了它那仿佛沾着鲜血的羽翼，什么样的天空和大地，才能让它获得诗意的栖居呢？这让我想起四年前到群力新居的次日，是新年的早晨，我走向北阳台时，迎接我的除了新年的阳光，还有一只站在窗外的鹰！这森林草原的动物为何出现在城市？它是迷路了、受伤了还是因为饥饿？它有话要说与一个孤独的房屋主人吗？我有无穷的疑问。当我返身取相机，想拍下它的那刻，机警孤傲的它张开翅膀，朝着天空飞去。一个浪迹天涯的精灵，一定有着一肚子的故事。这只鹰和我在塑胶跑道遇见的死去的燕子，合二为一，成了小说中雀鹰的化身。

小说总要结束，但现实从未有尾声。哈尔滨这座自开埠起就体现出鲜明包容性的城市，无论是城里人还是城外人，他们的碰撞与融合，他们在彼此寻找中所呈现的生命经纬，是文学的织锦，会吸引我与他们再续缘分。

我偏爱格里格、肖邦、斯美塔那、西贝柳斯这些民族乐派的大师，在他们的音乐里，你能听到他们身后祖国的山河之音，看到挪威的山峦，波兰的大地，捷克的河流，芬兰的天空。音乐家和作家在呈现大千世界时，也许只是山峦里山妖的一声歌唱，大地上人民的一声叹息，天空中归鸟的一声呢喃，以及河流的一声呜咽。但这每一个细小之音汇聚成流时，声势就大了。这样的民族之音，欢乐中沉浸着悲伤，光荣里有苦难的泪痕。而悲伤和苦难之上，从不缺乏人性的阳光。就像我们此时身处的世界，在新冠肺炎的阴影中，如此动荡如此寂静，但大地一定会在不久的将来，敞开温暖宽厚的怀抱，给我们劳作的自由。

毫无疑问，经历炼狱，回春后的大地一定会生机勃发，烟火依然如歌漫卷。

（本文系作者为长篇小说新作《烟火漫卷》所写的后记，原载《文汇报》2020 年 8 月 19 日）

04

往事的酒杯

◎苏童

我父亲不喝酒。他爱抽烟。家里除了黄酒瓶子，我几乎没见过其他酒瓶。

但我的两个舅舅爱喝酒，他们不抽烟。我们三家人住在互相紧邻的房子里，各家的空气似乎总忙着竞争，我们家有烟味，但我两个舅舅家经常飘出酒香味来，酒香自然轻松胜出。这是我小时候便懂得的常识。

我大舅家境较为富裕，讲究吃，我大舅妈擅长做红烧肉，做了红烧肉我大舅必然要喝一盅。他们家的晚餐桌上酒香肉香齐飞，喧嚣着飞到我们家，我总是被肉香吸引，吸引得不能自已，便穿过天井，到大舅家打开大门，往大街上看一眼，然后匆匆地往回走，算是投石问路。我小时候便有羞耻心，羞于开口向人索要，但我的目光无法伪装，总是火辣辣地投向那碗红烧肉。每逢这时，我大舅便尴尬地微笑，他的目光看向我大舅妈，似乎是征询她的意见。但无论她的表情是否活络，舅舅就是舅舅，一块红烧肉会被我大舅夹在筷子上，然后我会听见一个天籁般的声音，来，吃一块。

我现在一直在回忆一件事，我大舅当年喝的是什么酒？可怎么也记不起来了，只确定是白酒，想想这遗憾，真应了醉翁之意不在酒这话。我脑子里只惦记着红烧肉，当然记不住他喝的是什么酒了。

我三舅家住在隔壁。他家也清贫，餐桌上的货色与我家差不多一样，白菜青菜咸菜之类的，无甚风景，但他人穷志不短，爱喝几口酒。是五加皮。这个我之所以记得很清楚，原因也简单，我对他家的餐桌没兴趣，轻蔑地望过去，忽略一切，就记住桌上的那个酒瓶子了。

我第一次喝酒是在北京上大学期间。有个黑龙江的大同学来自体工队，爱吃朝鲜冷面，爱喝啤酒，冷的碰凉的。他带我们去府右街附近那家延吉冷面馆去吃冷面，就在当时的首都图书馆斜对面。一群大学生不进图书馆，一头扎到了冷面馆，毫不汗颜。我们随大同学点单，每次都要一碗冷面，伴以一扎散装啤酒。当时习惯说一升。一升 20 世纪 80 年代的北京啤酒装在大塑料杯里，泛着白色的泡沫。白色的啤酒泡沫一如虚荣的泡沫，要喝，喝下去太平无事，但就是没有实际意义，还胀肚。我在回学校的公交车上一直想着教二楼的厕所，为什么呢？因为那是离北师大大门最近的厕所。

第一次醉酒是在大四那年了。春天的时候学生们都下到河北山区植树劳动，大家天天觉得饿，吃了上顿惦记下顿。忘了是哪个同学饿得揭竿而起，提议大家抛下组织纪律，结伴去县城上饭馆，打牙祭。我积极响应。我现在已经忘了在那个燕山山区的县城小饭馆吃了什么，却记得席间那瓶酒。

是当地小酒厂生产的粮食烧酒，名字竟然叫个白兰地，极其洋气。我们都清楚那不是白兰地，但那烧酒给人以一种美好的感觉，醇厚，颇有劲道。恰逢我们的杨敏如老师刚刚在古典文学课堂上给我们讲过李清照，她太爱李清照了，或许也是爱喝几口的人，讲起"薄醉"，怕学生不懂其意蕴，竟然言传身教，在讲台上摇摇摆摆走了几步，强调说，薄醉是舒服的醉，走路就像踩在棉花上！我们在小酒馆里谈论杨敏如老师与薄醉，大家都有点贪杯，要寻找薄醉的滋味。令人欣喜的是，走出小饭馆时我脚下真的有踩棉花的感觉，头脑亢奋却清醒，我听见我的同学们都在喊，薄醉了，薄醉了！

学生时代结束，喝酒便名正言顺了。毕业工作之后，一张巨大的社会大酒席召唤着你，一般来说，绕开它是很难的，何况你不一定想绕开它。喝酒喝酒喝酒！干了干了干了！无论走到哪里聚会做客，那声音会像空气一样追随你，不同的人对那声音有不同的好恶，要么像苍蝇，要么像福音。

但我的青年时代其实怕酒。饮酒之事，在我看来更像一种刑罚，所谓薄醉的滋味，竟无法与之重逢。如果一个人想起酒来，想到的是酒臭与呕吐，这不免令人沮丧，是酒的遗憾，也是人的过错。我不怨自己的酒量，下意识地将其归咎于酒桌上的恐怖主义。具体地说，我认为很多地方的酒桌上没有李清照，只有恐怖分子。正如恐怖主义也有自己的信仰，酒桌上的恐怖分子也坚守信仰，他们的信仰是酒文化。酒文化中一个重要的细节是劝酒。各地劝法不同，各有规矩方圆，但基本目标是一致的，劝到客人一醉方休，劝到客人烂醉如泥，只要不出人命，都称其为喝好了，尽兴了。

我在杂志社做编辑时经常随团去苏北采风。有一次采风途经六县，六个接待方对我们都热情如火，每地停留两天，每天必喝两场酒。此地劝酒文化极其灿烂，灿烂得过分。每顿饭必须至少举杯三次，不算多，但每次举杯必须连饮三杯。你若是尊重地主讲究礼仪之人，每一顿至少要喝九杯。九杯属于多乎哉不多也的范畴，但这不过是个基础。当地人的劝酒技术不会让一个小伙子只喝九杯了事，因此有同乡喝三杯，同龄喝三杯，属相一样喝三杯，姓氏一样喝三杯，最后是相同性别的要喝三杯。我记得当年我是多么友善，又是多么爱面子，明明已经被吓得不轻，却强充好汉，无奈酒量有限，十几杯二十几杯酒下去，只好摸着翻江倒海的肚子冲去厕所，没有一醉方休的幸福，只有一吐方休的痛楚。我还记得那时候下苏北，总是这样的一去一回：去的时候朝气蓬勃像张飞，回来的时候病歪歪的满腹怨言，真像李清照了。有一次坐汽车回南京，身边的朋友告诉我，我一直在睡觉，梦呓的声音很单调：不喝了，不喝了。

往事不堪回首，其中有一部分往事是浸在酒杯里的。年复一年的酒，胜似人生的年轮，喝起来滋味不一样，但总是越来越沧桑越来越绵厚的。有一年前辈作家陆文夫到南京开会，晚上大家聚餐饮酒，我冷眼看见他独自喝酒，喝得似乎孤独，便热情地走过去要敬酒，结果旁边一同事拉住我说，千万别去，他不接受敬酒，他很爱喝酒，但一向是自己一个人慢慢喝的。

对于我那是醍醐灌顶的一刻。原来一个人喝酒是可以与他人无关的。与傲慢无关，与自由有关。我至今难忘陆文夫坐在那里喝酒的姿态，如同坐禅。那种安静与享受，不是出于对酒最大的尊敬，便是最深的爱了。

我爱酒多年，至今还经常奔赴各种酒席与朋友一起喝酒。无朋不成席，这是常识。但说到底，酒杯也是灵魂的容器之一。这容器的最深处，终究是一个人的快乐，一个人的哀愁，或者一个人的迷茫。很欣慰地发现，如今这也快成常识了。

（原载《中华读书报》2020 年 4 月 8 日）

05

故乡春天记（节选）

◎阿来

春天了。

这些年的春天里总想，而且总要回乡。

如今城乡疏隔，回乡是需要理由的，高原的春天便是我回乡的好理由之一。

高原的春天来得晚，在成都，所有春天繁花开过，眼看就是绿色深浓的夏天，家乡那边才传来春天的消息。达古冰川的朋友今天打电话说，高山柳开花了；明天打电话说，落叶松和桦树发芽了。又说，你教我们认得的苣叶报春和龙胆都开了。

达古冰川在黑水县，在小时候从故乡的小村庄时时仰望的那座大雪山的北边。

大雪山叫作阿吾塔毗，山的南边是我家乡马尔康市。那些日子，市里也打电话来说，我老家梭磨乡的开犁礼要在木尔溪村举行了。所有这些消息，都在诱惑着我。当下就把几乎在车库里停了一冬天的车开到店里保养，换了新轮胎。我要回去看家乡的春天。

新轮胎黑黝黝的，新橡胶的味道也像是春天的味道。

取车的时候，站在已经开过了一树红花的刺桐树浓重的阴凉下，我想，成都的春天刚刚过完，我又去过家乡高原的春天。多么幸福！一年过两个春天！

这一天，是 4 月 15 日。

4 月 18 日，终于可以出发了，先去黑水县。

"名家看四川"系列活动之一，邀请作家中的大自然爱好者，去黑水县境内新开发的风景区达古冰川，去走走看看，多少有帮忙发现与提炼景区丰富美感的意思。达古冰川不仅有壮美的雪山风光，更有从海拔两千八百米到海拔五千多米的冰川造就的地质景观与植物群落的垂直分布。旅游业勃兴后，这样的审美发掘工作，正是作家可以做些贡献的地方。

但我决定不随团行动，不参加半途上的集体午餐。但我对工作人员建议：安排的饭食要有山里的春天——刚开的核桃花、新鲜的蕨菜。而且，眼前马上就浮现了那些石头建筑错落的村寨，高大的核桃树刚刚绽出新叶，像一团绿褐色云雾，笼罩在村寨上面。浅浅的褐色，是树叶的新芽。绿色是核桃树正在开花：一条条肥厚的柔荑花序，从枝头悬垂下来——那就是颜色浅绿的花。这个时节，村民们会把将导致核桃树结出过多果实的花一条条摘下，轻轻一捋，那一长条肥嫩的雄花与雌花都被捋掉了。焯了水拌好的，其实是那些密集的小花附生的茎。什么味道？清新无比的洁净山野的味道！而在那些不被人过分打扰的安静村庄，蕨就生在核桃树下，又嫩又肥的茎，从暖和肥沃的泥土里伸展出来，一个晚上，或者一个白天，就长到一拃多高了。要赶紧采下来。不然，第二天它们就展开了茎尖的叶苞，漂亮的羽叶一展开，为了支撑那些叶子，茎立即就变得坚韧了。乡野的原则就是简单。取了这茎的多半段，摘去顶上的叶苞，或干脆不摘，也是在滚水中浅浅焯过，一点盐，一点蒜蓉，一点辣椒，什么味道，苏醒的大地的味道！

这样一顿风味午餐后，他们还要去看色尔古藏寨。

这些好味道我都很熟悉。而那古老的村寨——我自己就出生于与之相似到相同的村庄，至今仍在细细观察。我在一首叫作《群山，或者关于我自己的颂辞》的诗中写过，这些村庄，都跟我出生的那个村庄一模一样。我是说人、庄稼、房舍、牛栏、狗、水泉、欢喜、忧伤、老人和姑娘。

正因为这份稔熟，这些年，我从熟悉的乡野找到了新的观察对象——在青藏高原腹心或边缘地带走动时，会留心观察一下野生植物，拍摄那些漂亮或不太漂亮的开花植物。这正是我要单独行动的原因。

从成都去黑水县城，将近三百公里，一路都沿岷江峡谷而上。其中一半行程，成都到汶川是高速公路。相当部分是在深长的隧道中穿行，无景可看。出汶川县城，过茂县，公路傍着的都是岷江主流。出茂县，沿着岷江主流上行二十多公里，有一处地方叫飞虹桥。在这里，河流分岔，过桥右行，是岷江主流，去松潘。左行，是岷江支流猛河，沿河而上，到黑水。这段时间，是山里的融雪时节，所以江流有些混浊。水清时，比如秋天，站在飞虹桥上看在桥前汇聚的两路江水，岷江主流清澈见底，左边的猛河一样清澈见底，却水色深沉，因此猛河也被叫作黑水，连带着分布在这条河上下两岸的地方也叫作黑水了。这一带，海拔已经上升到两千多米，而且还是继续渐次抬升。山高谷深，山势陡峭。一路上，见有道路宽阔的地方，我就停下车来，爬上山坡去寻找开花植物。春天进到岷江峡谷已经有些时候了。公路两边人工栽植的洋槐正开着白色繁花。河谷台地上，那些石头寨子组成的村落，桃树已是丛丛翠绿。可是，河谷两岸干旱的山坡上的灌丛仍然一派枯黄。但我知道，这些枯瘦的灌丛里一定有早开的花朵。这一路，走走停停，上到山坡，又下到路上，果然遇见了好几种开花植物。

两种蓝色鸢尾。

一种叶片细窄，花朵也清瘦，长在土质瘠薄的干旱山坡上，那些多刺的灌丛中间，名字叫作薄叶鸢尾。

再一种，叶片宽大肥厚，在有肥沃腐殖土聚集的地方，一开一片，花朵硕大，成片开放，风起时，那一朵朵花摇动于随风起伏的绿叶之上，仿佛成群蝴蝶飞翔。它们正式的名字就叫鸢尾。以其美丽与广布成为鸢尾属植物的代表。

一种枝上开满细小黄花的带刺的灌丛，名字叫作堆花小檗。米粒大的小黄花一簇簇拥挤在一起，抢在绿色叶片展开前怒放。这植物的名字概括的正是其花开的繁密。小檗的根茎中可以提炼一种叫小檗碱的物质，也就是平常所称的黄连素。

还有耐旱耐瘠薄的带刺灌丛沙生槐也开出了密集的蓝色花。

折腾得累了，我坐在山坡上，翻看相机里的花朵，却突然弄不明白，大自然为什么要让植物开出这么多的花朵。这些花朵和这神秘的不明白，也许就是我这一天的收获。

是的，人们都在世界上力图明白，但我宁愿常常感受到自己很多的不明白。

拍完最后一组照片，坐在山坡上喝几口水，一根根拔去扎在衣袖裤腿上的灌木刺时，已经是山谷中夕阳西下的时刻了。

再车行二十多公里，就是黑水了。

黑水县城分成两个部分。先到的老县城。即便地处深山，这些年被城镇化的潮流所波及，要到城镇上来讨生活的人越来越多，地处狭窄谷地的老县城容不下这许多人了。五年前的汶川地震后，又在老县城上方一公里多，起了新县城。新建了一些机关和商业网点，更多是往城里聚居而来的四乡村民。这次住在新县城。县城是新的，酒店也是新的。四层楼房，居然有一座运行有点缓慢的电梯。

县长和管理局局长请大家吃饭。当地猪肉，这种猪半野放，肉香扑鼻，是名藏香猪。野菜多种，最受欢迎者有三。一种，土名刺龙包。其实是五加科楤木的肥实叶芽。蕨菜和核桃花已经说过。这些野味入口就是清新的山野气息，加上所有人都会想到无污染绿色这样的概念，就更觉得不能不大快朵颐了。只是酒不好，当地产烧酒，有点遗憾。但也理解主人，现在而今眼目下，禁止公款胡吃海喝，不但理解，而且赞同。

我对坐我右边的县长说：好喝，好喝！

又悄声对坐我左边的李栓科说：明晚我请你喝好酒！

栓科是我过去做杂志时就认识的。跟我一样，高兴了酒量就好。他做《中国国家地理》杂志前是地质学家，到有地质奇观的地方来，自然没有不兴奋的道理。

突如其来的地震

4 月 20 日。

这一天，说好九点早餐。大家自然要多睡一会儿。我舍不得，早早起来，走到外面去呼吸新鲜的空气。真是好空气！饱含着那么多新萌发的植物的新鲜气息。黑水的新老县城之间一公里多的地段上，还有几户农家，我就站在土豆地边看一阵垄上的新苗，然后散步往老县城去。经过地震后新建的中学校，教室中早读的书声琅琅。

走到了老县城街上，突然街边铺面的铁门开始哗哗作响。

地震。我想。

然后，继续散步。

一个小时后，回到酒店早餐。我发现地震正在成为一个比较严重的事件。餐桌上的人除了我都没有动筷子，有人在往家里打平安电话，有人在接问询平安的电话。还有短信和微信。弄完这一切，打开电视机，CCTV 新闻频道。芦山地震。芦山县城在夹金山下。夹金山是一座积雪越来越少的雪山。我原来计划，几天后回程，从那里到成都。为的也只是更大幅面地感受故乡大山里的春天。电视里只口播说芦山县 7.0 级地震。除此没有更多消息。我开玩笑说，好吧，过几天，我替你们到那里看看。

九点半，大家又说了一会儿地震，才上车离开。我驾车跑在采风团的中巴车前面。我们要一起过亚克夏山，在山的那一边，是红原大草原。他们有一个目标，去看一个分水岭。分水岭下发源了一条河，那是往东南方流去纵贯了我家乡马尔康市的梭磨河。分水岭另一面，沼泽中发育了另一条河，藏语叫嘎曲，意思是白河。白河西北流向，在川甘边境汇入黄河。梭磨河流入大渡河，大渡河汇入长江，所以，这道分水岭也可视作是长江水系和黄河水系的分水岭。作家朋友们要去那海拔四千米的岭上看宽广的雪野，看河的源头。

我和他们约好中午一起在刷经寺镇上午餐。他们去看雪，我要在沿途峡谷找寻早到的春天。车行不久，我就在一座叫沙石多的藏寨前停下来，拍寨子前开了繁花的野樱桃。刚支好三脚架，寨子里有人出来和我说话。他们见我穿得像游客，却不是游客。笑说，原来你就是山那边马塘村的人啊！新中国成立前，我们马塘村是驿道上有一条小街道的大市集。后来，有公路了，这个市集便消失了。我们的爷爷辈还经商开店赶马帮，父亲辈便变成种青稞和土豆为生的农民了。我拍完那几树樱桃花，坐在栅栏前开满白色野草莓花的草地上，和他们一起抽了一支烟。我们一起看着对面高大幽深的山，他们说，都是听爷爷辈的人说过他们翻山去马塘街上卖麝香买快枪的故事，如今，村里爷爷辈的人都没有了。我说，我还听爷爷辈的人说，你们这些黑水人拿着快枪，曾经把我们马塘包围过好多天，一把火，就把街上的店铺、骡马店烧毁了一多半。他们笑说，那一次，可能我们寨子没有参加。

告别他们我继续上山。开车时，又想起一个故事。二十世纪五十年代初，解放军来了。山里的人们被告知，这是当年的红军回来了，而且，这一回，来了就不走了。解放军一支部队翻越亚克夏山进军黑水。发现在山顶附近，十几具尸骨，整整齐齐躺在浅草地上。干干净净的尸骨边，一些金属遗留物，说明他们是当年的红军。人数恰好是一个战斗班。在这缺氧的高山上，坐下休息后，就没有一个人再站起来。山那边有一个新中国成立后才兴起的镇子，叫刷经寺。镇子边有一个烈士陵园。小时候，老师领着我们这些红领巾去参观过那个墓园。墓园中，就有睡在亚克夏山顶就没有再起来的那个红军班。

去年，这座山半腰新开的隧道通车了。原来要上去下来两个小时的盘山道，只有不到十分钟就穿过去了。

这个隧道让我又想到地震。

五年前的汶川地震，黑水也是受灾县，由吉林省对口进行灾后重建。这回所住的新县城，就是灾后重建的大项目。这个隧道也是。某一次，我还从电视新闻看到这个隧道的剪彩仪式上有一个熟悉的面孔。那是吉林省某厅的副厅长，我们在北京一起学习过。看到他出现在亚克夏山上，使我感到他比在北京一起喝酒时更亲切。我发了短信去问，是不是他。他马上打了电话回来，说，就是我！

五年前的地震发生时，达古冰川景区建设刚刚完成，登高的缆车建好了，游客盘桓山中的看奇花异草和冰川地貌的栈道建好了，进山的公路建好了，甚至一座五星级酒店也建好了。马上就要开门迎客了，凶恶的地震来了。那一次，死亡载道，沿岷江峡谷的公路尽毁，交通阻绝。达古冰川景区无从开放。直到灾区重伤初愈，政府宣布重建提前完成，才得以重新开放。

我从前年开始，到今次，一共三回到这个景区，去发现地理与植物之美，并把这些美告诉世人，多少也有点帮助灾后恢复的意思在里面。

这时，电话来了，记者的电话。问我芦山地震了，准备做点什么。

我没怎么在意，说不知道。

如是，几十公里的下山道上，就接了好几个电话。

地震，这个问题似乎在别人的提醒下越发严重起来。

我在电话中问记者，那边地震真的很严重吗？是很严重。什么程度？说具体情况不清楚，但房倒屋塌，伤亡惨重。

我也无心再在原野中踪迹春天了。赶紧到刷经寺镇上，那里有电视。十一点钟，我进了镇上一家饭馆，电视机前已经坐着好几个人了。有过汶川地震的经验，看电视上的画面，房屋倒塌的程度，公路毁损的程度，我松了一口气，大地之神不能总是那么残酷。自然，对受难者，这也足够残酷，但相对五年前的惨烈的天翻地覆，死亡枕藉，总是轻了许多。但是，时时刷新的伤亡数字，还是叫人心痛难过。去年，我带着一本前辈学者任乃强先生于1942年写成的《天芦宝札记》在那一带地方行走过。这本书写的正是这次重灾的三个县——天全、芦山和宝兴。

这么美好的春天，地震又来了。

我看电视的时候，一个记者的电话又进来了。他说，发了若干条短信为什么不回？我说我没有收到短信。他不信，他以为我不愿接受他的采访。我没有告诉他我收不到短信的原因。亚克夏山这一边，包括我正在着的刷经寺镇，属于红原县，这里，因为藏区维稳，手机短信功能不能使用。这位记者有点生气，他干脆问我，什么时候去灾区？我说，我在老灾区，暂时没有想去不去新灾区这个问题。他说，那么你作为四川省作家协会的主席，准备组织四川作家为灾区做点什么？我说，我无权调度四川作家，你找作协的书记吧。记者简直要生气了，你不是作协主席吗？这个问题也类似于短信问题，有一个答案，但我不便回答。我说，如果你一定要知道答案，作家协会不是保密单位，你是记者，你就到我工作的单位作个调查，看这个机构是由谁指挥运行的。我没有说我在距新灾区六七百公里外的高原上，这位记者的口吻，好像一个四川作家，应该随时收拾好了装备和心情，只等地震爆发，就立马奔赴灾区。如果真是这样，那我心理也太不健康了。采访没有期望的结果，记者不高兴，我也不高兴。不是不高兴，简直是心情恶劣。

这时，开饭馆的老板过来打招呼，问我是不是马塘村的某某，我说是。他说，我是邻村的某某家的啊！某某家的长辈我认识，但这个比我年轻的人我不认识。他说，你弟弟我们就很认识啊！

看过分水岭的同行们到了。我们就在这个饭馆里午餐。老板说，店里的特色菜就是当地的各种蘑菇，只不过，都是去年初秋备下的干货。干蘑菇配上猪肉牛肉烧了，也是很下饭的东西。饭后，采风团回成都。我站在饭馆前向车上的他们招手再见。

上车前，团里一位年已七十多岁的台湾作家对我说，不想马上回台湾，想去芦山地震灾区，不晓得你们作家协会能不能提供点方便。我的心情又沉重起来。我说，如果我在成都，我愿意开着自己的车送你去。但作家协会……你还是回成都到作协问问吧。

老作家没有再说什么，我想她肯定认为我在推托。

但我又懒得再作解释，只是有口无心地说抱歉。心里却想，是不是全中国都必须跑到灾区去呢？

同行们走了，我从超市往车上塞了些过日子的东西。沿着梭磨河下行十多公里，就到老家马塘村了。

母亲不在，在城里妹妹家。父亲在家。弟弟和弟媳在家。

四周又安静下来。在家里的寨楼中，我和弟弟说话。说在若尔盖县城帮着我另一个妹妹打理一家小宾馆的侄儿，说刚考到另一个县做了护士的侄女，说地里今年准备了种什么庄稼。父亲老了，不理家事了，只是静静坐在我对面，微笑着听我们说话。我想，这就叫生活安好吧！不一会儿，弟媳从厨房里端了一碗手擀的面片汤来，面片之外，汤里有酸菜和小块的腊肉。我口说刚在刷经寺吃过了，还是把那碗面片汤吃了个一干二净。现在，家里生活好些了，常常做些小饭馆里一样的饭食，但他们都知道，我一回家，首选就是这口酸菜面片汤。

吃过了，到屋外的地头上走走，解冻不久的土地在脚下是那样松软，在阳光的暖意中散发出无以名状的气息。那是苏醒的土地的气息，这也是春天。

我看看山坡，父亲明白我在看什么，他说，你喜欢的那些花开放还要些日子呢。

那我就不用上山去了。

父亲又说，今天早上有人从乡上来，说你明天要去参加开犁仪式呢。

乡里距我们村有二十多公里远。

父亲和弟弟送我离开。父子三个从家中的地里穿过去，我想起三十多年前，和父亲一起在地里耕作的情形。那时，父亲比我现在还年轻，我还只是一个懵懂少年。这么想着，过了桥，到公路边上，我发动车子，父亲在窗外摇手，我离开。从后视镜里看越来越小的两个人影。汽车转一个弯，镜中的景物切换成了泛出隐约绿色的山野。

又五十多公里，梭磨河的深峡里，绿色越来越鲜明，开枝展叶的绿树越来越多，越来越漂亮。我停下车来，拍开黄花的高山黄华。再停下车来，那是一树树盛开的粉红色的杜鹃了。

我把让人难过的地震忘记了。

进县城，还有我过去在此工作时留下的四十多平方米的老房子。里面有几架没搬走的书。我回去了一趟，从书架上找了两本带到酒店。其中一本，就是任乃强先生的《天芦宝札记》。这本是我自己买的，成都那一本，是任先生的儿子送的。晚餐时和县里父母官见过，听他们说些旅游规划方面的事情，我当然说，家乡事，有能出力之处，任凭驱使。

然后，又看一阵电视中的地震，便在灯下读写如今地震了的那三县的旧文字。

说那里的地理有一篇叫《芦灵道中》：

"自芦山出北门，10里仁嘉场，悉河源坦道，稻田芊芊，村落相衔，为县境富庶之区。"

"仁嘉场至天全属之双河场15里，皆峡道，峡分两部，东段长七八里，势较缓，称为峡口，属芦山县。西段长七八里，为砾岩层之深邃裂隙，劈地三十余丈，以泄双河场之水。两壁相距，自踵至顶，俱仅二三丈，一线天光，非亭午不能达地，行人缘壁，如入洞府。""瞿塘、巫山未足喻也。土人不呼为峡，曰大岩腔。"

"沿河多水曰制香人户。"

说到了地震区中心的灵关镇：

"扬雄《蜀纪》，谓蜀王杜宇，以褒斜为前门，灵关为后户，灵关之名始著于此。""盖此地外控羌氏，内屏邛雅。四周则山道险隘，河谷则田畴腴美，诚边疆屯戍要地也。""唐武德初，始置灵关县。""有市民400余户。"

"自灵关北行，过舒家岩为中坝，更逾一狭岸为上坝。上坝尽处曰小关子，往时设卡稽查汉番出入处也，自此入长20里之前山路，无人户。往时沿江岸为路，多设偏桥栈道，人畜多失路坠水，夏涨时每每阻绝。""民国十八年，灵关上坝善士苟树堂，倡议改修为山道，遂成此路，当时称为马路，实则肩舆亦难通行，唯背夫极感其便。其间经费之十九，由苟氏一人担任，亦可称也。"

说到了宝兴县：

"宝兴县民国十七年就故穆坪土司地改流置，县境包硗碛、陇东两河谷。"

"县治在两河合流处稍南。旧土署所在也。旧有市街，有江西、湖广、陕西商店，市况与灵关相当。民国二十五年被毁，现存 200 余户，市房尚未修复。土司时曾建城垣，倚山面河。"

城外"有定西碑，亦为平定金川后纪念定西将军阿桂立，有红军改镌革命口号。官军收复宝兴后，以其古物未忍仆毁，以石灰涂之"。"碑阴为藏文，未毁。"

"县境古为氐羌住地，唐时氐人同化于吐蕃，宋代有董卜韩胡等七姓首领分王其地……金川之役，穆坪为进军五大干道之一，随军商贾云集，始建街市。其后汉人移居者渐多，土著亦多汉化，现唯硗碛一区，土人保持番俗。"

金川之役，是十八世纪中叶的乾隆年间，那时宝兴县全境还属于穆坪土司领地，是纯粹的藏文化区域。后来，汉族移民渐多，当地人生活也日益汉化，藏族土司也改了汉姓，到任先生去的二十世纪中叶，就只有硗碛一角还保持着嘉绒藏人的风习了。

两年前的春天，我去宝兴，并在硗碛镇上小住两天。就是想感受文化变迁。

我常说，自己是一个肉体与文化双重的混血儿，一个杂种。但至少因为身上占了一半的嘉绒藏人的血缘，更因为在嘉绒文化区内出生成长，所以，我认为自己是一个嘉绒人。我在这些地方走动，也是因为宝兴一县，过去是嘉绒十八土司之一穆坪土司的领地。近二三百年中，嘉绒地区的藏区受到异质文化冲击最多，也是改变最多的地区。宝兴一县，嘉绒文化的意味，已经非常依稀了。所以，我想看任先生写下那些记录文字七十年后，宝兴全县，嘉绒文化意味最浓重的硗碛又是怎样的状况。我去时的硗碛已经不是过去的硗碛了。原来的硗碛小镇被新修的水电站淹没了。新硗碛镇迁到半山上的更高处。新镇子是按一个旅游小镇打造的。我住宿的这个家庭旅馆的主人，失去老房子同时也失去了河谷中的耕地，便开了这个家庭旅馆作为新的生计。主人做好了饭，叫我下楼，我取了自带的酒，和男女主人共饮。我用自己也日渐生疏的嘉绒话和他们聊天。男主人不懂。女主人能听懂，也不会说了。这是汉藏交界地带，常见的景况。那天，我们聊他们以前的生活，被水电站淹没的村庄和庄稼。饭后，我在这新造的山间小镇散步，看四处设置了一些藏族文化符号化的东西。我知道，这是政府出于旅游方面的考量，但这些符号所包含的内容和意义与当地人的生活却很少有干系了。

那一回，是晚春。硗碛四周山林里的杜鹃花已经开过了。我对这家主人说，我要来看一回这里的杜鹃开放。其实，哪里是只看杜鹃树开花，还是想体味这种新兴的旅游小镇显现了什么样的发展可能，以及是否会产生一种新的文化走向。本来打算，这一次，我就从马尔康翻梦笔山到小金，再翻夹金山到硗碛，在原来那个家庭旅馆住上一天两天。地震一来，这个计划又要推迟了。

又开了电视，想起雅安的一个作家朋友赵良冶，给他电话，通了，没接。

赵良冶回电话时，我出去散步，没有听见。路上，遇见一个朋友。也说地震。我说电视上说，宝兴县还进不去。他说，那是从成都。阿坝的武警和消防队已经到达灾区了。从马尔康到宝兴县，先翻梦笔山到小金县，再翻夹金山，下去就是宝兴。路程不到四百公里。五年前汶川地震，沿岷江到汶川的公路长时间不通，很多到汶川的救援队伍与物资，就是从成都到雅安，经芦山、宝兴、小金、马尔康，行程八百多公里，才到汶川。本来，成都到汶川只有一百五十公里。地震时，我也经那条路去汶川，沿途都是新竖立的指路牌，牌子上墨迹未干的字，都是"汶川"。

不要说在山下，在夹金山三千多米的山口上，也有人供应免费的饭食。公家派出的人供应盒饭。当地百姓从山下背上来新蒸的包子和煮鸡蛋。我对那位熟人说，本来想回去时再走这条路的，看来不行了。他说，真要去可以帮助安排，但你去干什么？他开玩笑说，别把自己变成看稀奇的人了。这位朋友是州里领导，汶川地震时，徒步在震中走过许多地方，组织当地百姓自救，努力向外传递消息，那真是出生入死。震后十多天，他从映秀来成都，我为捐建学校的事，和他见面。见面时，他就流泪，说，我们几十年的建设成果，全部毁于一日！

那一刻，我决定不去灾区了，至少救灾最紧要的时候不去。

回去，见赵良冶来了两个电话。

再打回去，问他好不好。好。问熊猫好不好。好。

问他熊猫，是因为，他有一部作品，写熊猫的发现与保护的历程。还是我作的序。这回地震的宝兴县，就是大熊猫的发现地。那是 1867 年，宝兴县。一个叫邓生沟的地方，有一个法国人建的天主教堂。当时的神父让·皮埃尔·阿曼德·大卫可以算得是一个业余生物学家，传教之余，在当地进行广泛的生物资源考察，最大的发现，就是熊猫。我说，过了这一阵，去雅安看你和熊猫吧。

宝兴还有一种漂亮的野生植物宝兴百合。据说欧洲现在最漂亮名贵的百合花，就是由宝兴百合培育而成（另一说，是汶川一带岷江河谷中的岷江百合）。我几次上下夹金山，都未遇见过百合开花。因此还给赵良冶一个任务，叫他百合开花时通知我，去年通知了，人在外国，没有去成。这回，他在电话里说，今年还要来看百合花吗？

我说，花开时一定告诉我。

这时，电视里已经在劝告志愿者不要急着涌向灾区了。

我发了一条微博，是夹金山下美丽的宝兴百合。我说，等灾后大家多去那里吧，旅游也是对这些地方的支援。我喜欢汶川地震后的一条宣传语：四川依然美丽！四川的山水，其实就是雄伟的地质运动所造就的。

临睡前，我想地震让这一天变得好长啊！

古老的开犁礼

4 月 21 日。

走二十多公里的回头路，沿梭磨河峡谷上行，到我老家的梭磨乡。

这二十多公里，正是梭磨河峡谷最漂亮的地段之一。深切的河道，陡峭多姿的山壁。更为难得的是，即便是悬崖上，也密生着松、杉、楸、桦和杜鹃。那些树从悬崖上斜欹向河上的虚空里，有种种奇异的姿态。如果山坡稍缓一点，就站满了红桦、白桦、栎树和高山杨。林下，是摇荡不停的箭竹海。这个季节，松杉一味深绿着，栎树林也深绿着。高山杨和白桦蔓生开一片片色调不同的新绿，而红桦林还挺拔着树身沉默着。我一早就出发了，一个人去看这峡谷风光。太阳从山脊后升起来，这一片林子和那一片林子之间，这一面山崖和那一面山崖之间，就有阳光倾斜下来，峡谷中的色彩因此有了更多变化，峡谷中的空间，因此有了更多的深浅远近。在这一片片光瀑中行走，河上清新气息四处弥漫。

一个朋友曾在我家乡县任过县长，他告诉过我，说当初，有开发商而不是游客发现了这段峡谷。开发商看上的是水电资源，而不是壮美风景，想要在峡中建水电站。最后，那一届县委县政府决定要保护这段峡谷风光，而拒绝了开发。我得说，他们功德无量。我愿意在故乡有一条自然的河流，未被人工建筑一次次拦腰截断。美，自然之美，是今天我们生活中越来越稀缺而珍贵的资源。

我不希望，再过十年二十年，我拿出今天拍下的照片时，需要告诉人们，这样的美已经不复存在了。

我这样想，说明我仍然心存危殆之感。

九点钟，我赶到举行开犁仪式的木尔溪村。这个村，就在乡政府对岸的台地上。桥头上几株老山荆子树，等到庄稼出苗的时节，会开出满树洁白繁花。现在，这些树主干黝黑、盘虬的老枝苍劲有力。树后是几家寨子。寨子前是要举行开犁仪式的庄稼地。地的尽头是山坡，坡上是茂密的树林。树林后的蓝空中白云舒卷。

早几天，县里和我联系时就说，21号一定要到，我们是看了日子的。

我问，找喇嘛打卦了？

说，气象局看的天气！我们要一个晴天！

果然是天朗气清。

走到地头，村子里的人已经聚集起来，摄像机的镜头对着两个老人。两个老人弯腰都很吃力了，一个用柳枝在地上画出线条，一个人沿着线条撒下麦面。于是，隐约的线条显现为鲜明的图案。第一个图案出现了，是一个法轮。第二个图案又是一个圆圈，像是法轮，又不是法轮。法轮中的辐线是直的，这个圆中的辐线是波状的。所有人都在问，这是什么？老者之一直起身来，对我说：格央。我把这个词翻译成汉语：太阳。他们又画一个圆，里面却没有那么多的辐条，只是逢中一条弯曲的横线。老者又直起腰来，对我说：泽那。我又把这个嘉绒语词翻译成汉语：月亮。

两个老者，又在并列的日月图案间画了一个供瓶。那自然是献给日月的供养。

然后，一个老者把一枝枝针叶青翠的杉树枝堆在那个法轮图案之上。另一个老者拉着我的手说话。说，你是马塘村谁谁的儿子吧。我说是。他说，你爸爸我们年轻时在一起的啊！今天是个高兴的日子啊！我说，是啊，春天来了！他说，啊呀，春天说来就来了。电视台上来采访他，老者紧抓着我，说你就当我的翻译吧。老者用古老颂辞里那些雅致的修辞比喻春天，用虔敬的语言感谢日月和大地，记者嫌这样的话太迂回曲折，启发他要说更直白的话，老者对我说，我腰疼，背着手走开了。

然后，象征性地往地里抛撒青稞种子。

然后，两架犁到了地里。每一架犁由两头并驾的牛牵引，两头牛前，还有一个牵牛的人。少年时，我就做过那牵牛人。忽紧忽松地把两条牛的穿鼻绳攥在手上，就是为了让这两头牛并了肩笔直行走。现在，牵牛人却是两个健壮的姑娘。掌犁的是村里的壮年男人，嘴里的耕地歌唱起来，牛前行，牵动了犁，犁上锋利的铁铧楔进土地，黑黑的泥土从犁头两边翻卷开来，苏醒的泥土的气息也在空气中弥漫开来。也许是地头上太多摄像机和照相机的缘故吧，聚集在地头的村民也没有记忆中那样自然的庄重，脸上的表情也像是看客。两架犁依然在深翻土地，往东犁过来，对着地头的村寨，掉头往西，对着山峦。来来去去，不久就翻耕出好大一块黑土地了。我放了相机，从后面那一架接过犁，想试试还能不能像三十多年前一样稳扶犁把。地有些坚硬，但铁铧的尖还是破开了泥土，往下深入了。只是我忘了那又像吆喝又像歌唱的耕地歌了。不是忘了，是顾了下犁，就忘了歌唱了。让了位置给我的犁手就在我身后唱起来，前面的两头牛和牵牛的姑娘就往前走了。黑土就在我脚前翻卷起来。新鲜的黑土的味道，那些黑土中被铧头斩断的植物根茎的味道，立时就充满了我的鼻腔。两三趟下来，那些味道就已经充满我的身体了。那是三十多年前，一个十三岁的少年最熟悉的春天气息。

可我已经不是那个少年了，两三趟下来，背上就浸出了汗水，手心也被犁把磨得生疼。我把犁头还给了犁手。本来，我还想温习一下已经生疏的耕地歌的。

这么想着的时候，象征性的开犁也结束了。

已是中午时分了，村人分男女两排坐在地头，午饭，象征性的午饭，感谢大地和日月之神的午饭。这时，每一个席地而坐的人表情都变得庄重了。每一个人面前摆上了一块面饼，饼上一块肉，然后，每人面前又上了一碗加了肉的酸菜汤。人们浅尝辄止，喇嘛开始祝祷。堆在法轮图案上的杉树枝被点燃了。青烟腾地而起，芬芳的烟雾带着人们感恩的心情直达上天！这些乡亲，除了感恩的心情，并不会对上天有更多的祈求。此时，我离开，我知道接下来是欢歌，是舞蹈。

我已经看到家乡的乡亲们如何迎接春天的君临了。是啊，故乡美丽的春天到了。

我开车向下游而去，去看另一片乡野。

沿河而下，梭磨河不断纳入一条又一条溪流，越发壮大。平静处，越发深沉。激越处，越发汹涌。越往下游，海拔越低，春意就越深浓。是的，梭磨河峡谷里的春天是从低到高渐次来到的啊！

　　沿河下行五六十公里后，我已经在春天深处了。一路上，一丛丛橙黄瑞香盛开，一片片蓝色的鸢尾花盛开。那些蓝色的仿佛在风中要成群起飞的鸟群一样的鸢尾开在一座座村寨四周，开满了进入村庄道路的两边。那些河边的台地宽阔肥沃，加上气候温暖，很久远的时代，就有人类居住。这一带的河谷里，发现过一万多年前的人类化石，也发掘出过五千年前的整座村庄。那时，距吐蕃帝国向东扩张，征服这些农耕河谷，最终把这些广阔幽深之地纳入藏文化圈还有整整四千年！

　　一座巨大的水电站，已经在梭磨河汇入大渡河的河口处的花岗岩峡谷中开始筹建。要不了多少年，深峡上将有钢筋水泥大坝截断河流，巍然耸立。那时，水位提高，河水倒灌，河流经过好多万年的深切，在山间造出的那些肥沃台地将被淹没。那些存在了上千年的古老村庄也将沉入水下，人民将要迁徙。

　　傍晚时分了，我坐在一段高高的河岸上，看峡谷中即将消失的村庄、田地与果园。一朵云飘过来，一团阴凉便笼罩了一片地面。地面上或者是一片树林，一个村寨，一片新出苗的庄稼，一个果园——核桃树的果园，苹果树的果园……然后，云飘走了，阴凉中的一切又被阳光照亮。这是一种古老的文明，不断闪现出她某一个美丽的局部，让我去想象她的整体，让我试图把握她的来路与去路。我是这个农耕文明哺育的一个生命。我为她那自然纯正的美而深感自豪。同时，在这个任何美都变得脆弱的时代，我已经看到时代的潮水上涨上涨，但这些美丽的存在，都是一副听天由命的模样，没有惊叫，没有愤怒，甚至没有哀叹。

我想起，在上午的开犁仪式上，那个老者对我说，我知道，这样的方式要消失了。他们说，不过，我们老了，不用再看了，但你是会看到的呀！

峡谷里起风了。下午的太阳降低了热力，河面上的凉气就升起来。这就是风了。我的四周，一丛丛野蔷薇和沙生槐沙沙作响，更远的地方，是那些树干虬曲的杨树和柳树叶片翻飞，旋动着如水的绿光。再背后是沉静的大山，斜阳的光幕下，森林更显得幽深遥远。

我要离开了。

再次回首，我得说，这是多么美丽的春到人间的动人景象。

但是，时代在以我们并不清楚的方式加快他的步伐，总有一个声音在催促，快，快！却又不告诉我们哪里是终点，是一个什么样的终点。这个时代，水泥在生长，在高歌猛进，自然在退缩，自然之美在退缩。退缩时不但不敢抗议，不敢诘问，而是带着深深的愧疚之感。

再次回望这即将消逝的田园风光，我想，这一辈子我都将以且喜且忧的，将信将疑的，越来越复杂的心情来探望故乡的春天。

（原载《作家》2017 年第 1 期）

06

乡村燕事

◎李存葆

　　烟柳飞轻絮、麦垄杏花风的时节，我回到家乡，又看到了燕子絮窝筑巢。

　　老家有堂屋 10 间，辟为两个院落。家母住在东院，五弟一家住在西院。斯时，东院的房檐下，有两对新燕正在垒窝，"工程"已经过半。四只燕子一会儿衔着紫泥砌巢，一会儿又箭一般地消失于云缝。五弟院落的屋檐下和大门过道的檩梁上，各有两窝燕子，它们的旧巢仍在。四双燕子，跳进跳出，飞去飞来，衔来草屑、羽毛，在为生儿育女铺设舒适的软床。它们有的还从窝中探出头来，睁着亮晶晶的眼睛，友善地打量着我这陌生之人。

古人对家燕有春燕、劳燕、双燕、旧燕、新燕、喜燕、征燕等多种称谓。在我的故乡，燕子向来被父老乡亲视为勤劳鸟、唱春鸟、恩爱鸟、仁义鸟、灵异鸟。见六双燕子同时在我家筑窝安居，老母亲笑了，五弟一家乐了。一种"春燕归来与子游"的喜悦之情，也在我的心中荡漾。

美是心灵自由的伴侣。在生命的初始阶段，我的心是随着燕子在这片故土上一起飞翔。后来，随着尘世的冲刷、阅历的丰富，我愈来愈感到：世上的鸟儿，没有比家燕更为美丽的了。

小燕子虽没有白鹤亭亭玉立的身姿，也不像孔雀总是拖着翠色的长裙，但燕子的体形颀长而又匀称，丰满而不失婀娜，称得上无瑕可摘；它的羽背深黛幽蓝，纯净光亮；它的胸脯洁白如玉，素雅明快；再加上它那剪刀似的开合自如的尾叉，更让它的周身贯注了美的神韵。选择自然之美，是人类创造过程中的第一道程序。毫无疑问，欧美人所钟爱的燕尾服加白衬衣，就是按照燕子的装束剪裁出来的。

燕子的灵动之美，还展现在它的飞翔上。它们狭长的翅膀，分叉的尾巴，是飞翔的利器。无论是斜飞还是平飞，无论是高翔还是低回，无论是掠水而过还是凌虚直上，它们总是那样轻盈而敏捷，俊逸而从容，一道曲线连着一道曲线。它们连贯的飞态，从不同角度看，无一不美。毋庸置疑，燕子是飞翔的天才。

燕子的美丽，还在于它们那迷人悦耳的歌唱。燕子的呢喃，有时是畅快的、恣情的、甜熟的；有时是缠绵的、舒缓的、幽微的。无论是呼儿唤雏时的甜润，还是双燕恩爱时的婉转；无论是捕虫捉蛾时的激越，还是门墙小憩时的委婉，它们的鸣唱总似细溪淙淙，清扬活泼，绝不像雄鸡长鸣时那样击人耳鼓，更不像麻雀争食时的叽叽喳喳，惹人心烦。我以为，"呢呢喃喃"这一象声词，只能用于燕子。燕子的各种鸣唱，不火不躁，如吟如诉，总能使人们在兴奋中获得宁静，在消沉时受到鼓励，在愁闷时得到慰藉。

燕子是春天的音符，乡村的音籁。当它们呢喃的清音打破了村舍的静谧时，冰雪已经消融，春也在河谷、山坡蹒跚、摇曳。在我看来，三春的颜色，之所以飘落在大地丰厚的肌肤上，是春燕舞出来，唱出来的。春燕的歌声，唱出了农人积蓄了一个冬天的发自内心的企盼和真情。燕子运用音色和力度的变幻，唱得

"红入桃花嫩，青归柳叶新"；唱得"小雨晨光内，初来叶上闻"；唱得"疏畦绕茅屋，林下辘轳欢"；唱得"榆荚钱生树，杨花玉糁街"；唱得"黄犊尽耕稀旷土，绿苗天际接旁村"；唱得"蚕娘洗茧前溪渌，牧童吹笛晚霞湿"；唱得"田舍翁，老更勤，种田何管苦与辛"……春燕的舞是安琪儿的舞，春燕的歌是安琪儿的歌，农人合着春燕的韵律和节拍，共同描绘出凡物可尽其性、色彩可嵌入人们永恒记忆的春天。

在所有的鸟类中，未经驯化便与人类最亲近者，莫过于家燕了。家燕像虔诚的教徒一样，以神意为最高命令，以时令为最高法则，每年春分北来，秋分南归，年年如此，岁岁如斯。人与燕子同居一室，相敬如宾，该是史前人类结庐而居时就有的事了。这种存在，应视为上苍给人与燕这两种敏感的生物，所制定的心照不宣的"无字契约"。

童年的记忆最纯真最真切，对人生的影响也最深久。在我牙牙学语时，信佛的奶奶就一次次地对我叨念："千万别祸害燕子，祸害燕子会瞎眼。"年龄及长，我又知道，村里即使最顽劣的孩子，也谨遵这句古训。当时，家中那东三间、西三间堂屋中的檩梁上，各有一窝燕子。看着两对老燕子，阴晴风雨中双来双去地翻飞，我因不能摩挲一下它们美丽的翅羽，而引为憾事。

6岁那年的暮春，东堂屋的燕巢里，生了六只小燕子。某日，一双老燕打食归来，六只小燕簇拥着探出头来，同时张开鹅黄的嫩嘴儿，唧唧叫着等老燕喂食。老燕喂雏，一次仅能顾及两只。一只未接到食的小燕，不慎被挤落下来，跌到灶前的柴草上，幸未受伤。我忙扑上前去，把它捧在手里。小燕全身的茸毛像一团绒球，黑眼如同墨晶，仍张着小嘴儿唧唧叫着要食吃，真是可爱极了。奶奶忙找来针线筐箩，并铺上碎棉。待雏燕安置好后，我飞也似的跑到房后溪边的青草丛里，捕来十几只小蚂蚱喂它。此后的20多天里，捉蚂蚱，逮青虫，喂小燕子，几乎成了我生活的主要内容。小燕子饱啜着我一瞬瞬的殷勤，会跳跃了，能抖翅了。每见我捉虫回来，它就扑棱棱跳出筐箩，欣欣地张开嘴儿，一口又一口地吞食着我随时投送的小蚂蚱。见它羽毛渐丰，我就用左臂架着它，去菜园里，到麦田边，随逮青虫随喂它。这只小燕比窝里的燕雏早两天就会飞了。只要我将它轻轻一抛，它便在我头顶上空打着旋儿地翻飞。我打个呼哨，它就会落在我伸出的食指上。在窝里的燕子都出飞那天，奶奶硬逼着我把这只小燕放飞到它的兄弟姐妹中。每逢老燕新雏从风动的树林、晴蓝的天空翩翩飞来，落到我家院墙、房顶时，只要我左手捏只蜻蜓当头一举，右手打个比示，我喂熟的那只小燕子便会轻灵地飞来，落在我的肩头……

这只小燕子，不仅是我童年时代一首优美的抒情诗，也成为我后来爱心的向导，心灵的晨曦，精神的美酒。

人生的前50年，写的都是人生"本文"。以后的岁月，则都是为这"本文"添加着注释。儿时的经历就像一幅油画，近观时没有看出所以然，今日远看，才能品出这幅画的美感。

母亲和五弟现在住的东西两个院落的10间堂屋，是在我知天命那年建起来的。落成后的第二年，每个院落的房檐下，每年都各有两窝燕子来生儿育女。也就是从那时起，我每逢春夏回乡探亲，自会对儿时钟爱的燕子，格外关注起来。

燕子是人类道德、伦理与行为的一面镜子。

在辛勤方面，燕子当首屈一指。新岁杏月里，春燕从南洋出发，飞越茫茫大海、重重关山，抵达离别了半年的村舍后，不做任何休整，便纷纷忙碌起来。老燕子见旧巢仍在，就叼住时光的分分秒秒，一刻不闲地清理旧窝。新燕子则是飞着吃，飞着喝，飞着洗涤羽毛，飞着衔泥构筑新巢。一双新燕一天都能垒几行泥，十几天就能把新巢筑好。一座"新房"的建成，连接着新燕飞奔的节奏，勤快的旋律。新居筑好，雌燕就急不可待地生卵、抱窝；15 天后，雏燕破壳而出；又 30 天，新雏即可出飞。一双燕子在不到 5 个月里，要生两窝燕子。一窝燕子一般都是 5 只，两窝燕子就是 10 个燕宝宝。由于巢窄雏多，燕巢有时会损坏，老燕子会即刻去衔泥修补。老燕在哺育雏燕时，四野抓虫，任劳任怨；泉边衔水，栉风沐雨，一双老燕，每天要打几百个来回，飞出飞进、嘴对嘴地给燕宝宝喂吃喂喝。一只雏燕，老燕在一小时内就要喂食十几次，仿佛有一种神秘的丝线，牵连在老燕和新雏之间。这种天伦之爱的特质，是为爱而爱，不讲任何条件。

对儿女的父责母职，应包含身体和精神两个层面的教化。雏燕出飞时，若有懒宝宝恋栈温柔之窝，赖着不走，老燕子会前引后拥地将它赶出窝外。

老燕子在领飞 3 天后，就再也不让新燕子回窝，让它们风餐露宿，自食其力，决不留一个"啃老族"。一般在农历六月底，第二窝燕子也出飞了。因离南飞远征的日子还不足两个月，老燕子再也不回窝，它们率先垂范，加大了对第二窝儿女训练的强度。在老燕子的带领下，小燕子演练着俯冲、侧飞、回翔、挺飞等各种动作。它们一会儿从玉米梢上掠向山顶，一会儿从河面冲向云天。暴雨过后，蜻蜓舞晴，正是老燕子带领小燕子练习捕虫准确性的最佳时刻；日暮时分，虫蚊飘忽，又是老燕子统领小燕子操演捉虫精准度的最好时分。经过一番番朝习暮练，小燕子的天性得以充分开发，终使它们一个个都成为百捕百中的"小猎手"，成为一架架袖珍的低空"战斗机"。

情爱是一切生物的精神甘霖。燕子的情爱，炽热如火，牢固如磐。它们不仅双双同来同回，形影不离，比翼而飞；而且还通过舌尖的交流，目光的顾盼，歌声的倾诉，把恩恩爱爱表现得淋漓尽致。雌燕抱窝时的情景，最为感人。在它孵雏的半个月里，是雄燕竟日捕来食物，衔来泉水，口对口地送进雌燕的嘴里。像燕子这种相呴以湿、相濡以沫、灵与肉的完美结合，在当今人世间，恐也难找出几多范例。

造物主不仅给燕子以美貌，也赋予燕子美好的德行。用儒家的道德准绳观照燕子，燕子称得上"仁义礼智信"皆有。燕子筑窝，不择贫富贵贱，不选门槛高低，只要认定谁家，如果主人和燕子都不出意外，它们都会岁岁来絮窝筑巢，决不会单方面地扑灭主人怀念它们的幽情。每双燕子的心中，都有它们魂牵梦绕的一幢茅舍。燕子这种从不琵琶别抱、返本归元的天性，称得上是"不辞故国三千里，还认雕梁十二回"。燕子是喜欢洁净的鸟儿。为保持它们翅羽的光滑和亮度，它们经常用清澈的泉水梳理羽毛。雏燕在窝中排出的粪便，老燕子会随时一口口叼出窝外；即使正在抱窝的雌燕，也会飞到窝外排泄污物。除了老燕子白天喂食时和雏燕喁喁私语外，在夜间它们总是静气屏声，绝不打扰主人的梦境。只吃活食的燕子，是农人公认的益鸟。它们从不叼啄农家的五谷，专吃飞动的虫蛾。据昆虫学家推算，一双燕子及其子女在北方生活的半年里，要吃掉各种害虫 100 万只，是护卫庄稼的真正天使。燕子也从不像有些鸟儿那样，为争食而"鸡扑鹅斗"，俨然谦谦君子……

　　大自然神秘的原则，造物主微妙的功夫，在燕子身上得到了灵异的体现。在预报狂风暴雨方面，它们绝不逊于气象台。每当暴风雨到来之前，燕子们总是集结在一起，擦过房顶，擦过树头，擦过河面，忽上忽下地群体鸣叫，仿佛是在焦急地提醒农人：快戴上斗笠，快披上蓑衣，尽早收工，尽快让牛羊归栏……每当看到这种场面，我就觉得，神奇的燕子，仿佛能读得懂阴云在天宇中写下的文字，能辨得出狂风在江河里画出的图画。

"燕子不进愁门"，是家乡的俗语。想不到这话在我老父亲身上竟成了谶言。迟暮之年的老父，特别喜爱年年都来家中筑巢的两窝燕子。2009年清明已过，两对燕子却未如期而至。95岁高龄的父亲，便一天数次拄杖院中，引颈南望。五弟为卸掉老父的心病，说西院的两窝燕子都来了，也是咱们家的。转年初春，老父缠绵病榻，不能下地，清明过后，还叨念着燕子怎么还没有来。虽然西院五弟家的燕声不断传来，老父却摇头苦笑。农历三月十七日，老父便驾鹤西去。在父亲谢世近两周年的清明节前，两双燕子又来东院做窝了。这又应了"燕对愁门不过三（年）"的俗语。

　　大自然将自己灵魂中的小小一部分剥离出来，给人类造就了燕子这样晨风般温存、月光般柔顺的喜鸟。乡人凡遇吉祥事儿，总与燕子联系在一起。去年，五弟的女儿考上军校研究生，他"归功"于家中新添的两窝燕子。邻村我的一远房亲戚，在镇上买了楼房，去岁他乔迁新居不久，便见一对燕子在他家住的三楼檐下筑巢。燕栖楼中，实乃罕事。为不打扰燕子垒窝，他举家又迁回乡下十几天。待头窝燕子出飞后，他的独生女儿超常发挥，考上了大学。此事在故乡，一时传为美谈。

二十世纪六七十年代，无论是在北京、天津，还是在省城、县城，人们随处都能看到燕子们放胆尽性飞翔，能听到燕子内蕴灵动的歌唱。后来，燕子却在不知不觉中先是稀少了，继而消失了。今天，即使在工业比较发达的镇子里，也难觅到燕子的倩影了。

大城市里排排高楼豪厦一天天进逼，片片田野碧树一尺尺退缩，使得燕子栖息的领地愈来愈狭窄；车流、物流代替了护城河的银波细浪，人流、信息流，代替了城中湖、林中泉那醉涡里漾出的笑意，使得燕子无处用洁净的涟漪，去洗濯它们的亮羽素脯；化工的毒气、车辆的尾气，乃至氟利昂的过度排放，已玷污了燕子那纯净的歌喉，使它们再也难以唱出音质纯美的歌声。生活在竞争旋涡中的城里人，很少去怀念、关心燕子了。市场上的盘算，比高级计算器与电脑的硬盘、软盘来得更为复杂，不少人的血管里"疙瘩"着的是开发、买地、利润、效益、股票的 K 线图、物价的 CPI、住室的宽与窄。看来，城里人已经单方面地撕毁了人类与燕子在史前就定下的和睦相亲的"无字契约"。

生存与发展是一切生灵的愿望。当乡下人潮水般涌入城市的时候，在城里已无一檐之栖的燕子，却纷纷飞到绿水青山的乡下。这大概是我家两个院落里竟然有了 6 窝燕子的缘由。

"小燕子，穿花衣，年年春天来这里"的儿歌，城中幼儿园的孩童，无一不唱得声情并茂；但其中的绝大多数孩子，却生下来就没见到过燕子。孙子檀檀明年秋天就要上学了，我想来年在故乡的孩童们吹响柳笛的时候，一定要带他回老家去看看燕子。他只有看到燕子筑巢，才能懂得什么是辛勤劳苦；他见到老燕喂雏燕的情景，才能明白什么是"嗷嗷待哺"，什么是养育之恩。他只有看到故乡人是如何关爱燕子，长大后才会真正领会：人类的生存与万物紧密相连，也与每一棵小草、每一朵小花、每一只蜜蜂、每一只蝴蝶息息相关。

（原载《人民文学》2013 年第 6 期）

07

泰山成砥砺

◎范稳

1985 年夏季的山城重庆，空气灼热，大地发烫，万物仿佛都在一个炉子里燃烧。在大学校园里，这是青春燃烧的季节，也是一个即将决定许多人命运的毕业季，寒窗苦读十几载的莘莘学子将被一张派遣证分配到四面八方。那个年代的大学生除了爱情，国家几乎包办了你的一切，他们是二十世纪八十年代的新一辈、天之骄子。正如我所就读的西南师范大学（现在叫西南大学了），僧少粥多，你去哪里都有一碗饭吃。

关键是君欲何往。西师以培养中高等学校师资力量为主，兼及一些国家机关和文化事业单位。毕业分配自然是有高下优劣的，北京、上海、广州的单位，尽管那时还没有北上广的概念，但看着都让人眼热，是学生们眼里的"干饭"，且还是带坨子肉的"好伙食"，似乎只要搭上了那趟驶往梦想地的火车，今后必将光宗耀祖、前程远大。成都、重庆以及一些高校、省级机关、文化单位的名额，是半干半稀的"伙食"，发展空间大，也很令人神往。比较糟糕的去处是那些偏远的地方，达（县）涪（陵）万（县），甘（孜）阿（坝）凉（山），以及贵州、云南甚至西藏。不过那里至少还有一碗粥喝，去填你显得很严峻的理想胃口。如果你在学校成绩一般，表现又不是那么积极，基本上是哪里来哪里去。对于那些不愿回到贫瘠、偏远家乡的学子来说，他们也想去繁华富裕的地方吃大肉、吃生猛海鲜，让自己的理想丰满滋润、肥得淌油。因此，那个年代虽然毕业分配国家包了，也基本不拼爹，但没有比较就没有伤害，凭什么我的人生道路要被人家来决定？凭什么那谁谁，成绩还没有我好，去的地方却比我好？怨也好闹也罢，永远的校园，流水的学子，你除了服从分配，基本上没有其他的路可走。都说二十世纪八十年代是个纯情、纯真的年代，但遇上毕业季，就不是那么美好了。各种算计，各种谄媚，各种小动作，让同窗四载的同学忽然变得生分起来、仇视起来。我的一些同学，毕业了十多年还不来往，都是分配伤了一颗青春的心。那么单纯，那么脆弱，也那么懵懂无知。只有人到中年了，大家才"历尽劫波兄弟在，相逢一笑泯恩仇"。

我的家乡在川南的小城荣县，隶属于自贡市，我的各科成绩一般，也不想考研。主要原因是我在大二时就立志要当一名作家，对所有的功课都抱一种不以为然、及格为好的态度。我在学校只有两件重要的事情——写作和踢球，为此经常翘课。我在大学校园里肆意挥霍自己的青春，活得快活而单纯，多愁善感又自以为是。凭着小时候在少体校打下的底子，在我们中文系和年级的球队里还算是个不大不小的"球星"。大三后当系学生会的体育部长，也算个学生干部吧。因此在分配时我还是有一些选择空间，如果愿意，我能够留在重庆的一所高校当老师，或者去某个单位当个小干事，也可以回自贡再分配。但作家梦让我知道，要实现这个梦想，必须走得远远的，去见识外面更为广阔的世界，至少不要被家乡或校园的围墙所桎梏。多年以后，一个藏区的活佛告诉我，远离自己的家乡，是必需的修行。喇嘛们为什么要离家万里去朝圣？为什么要到高远的雪山上去闭关？你得断除亲情、离舍俗念，才可能有修为、有升华，成佛度人。但那时我并不明白这些高深的人生禅悟，我只是希望去见识广阔的世界。我在大学里默默无闻地写了三年小说，一个字都没有发表过。而一些同学已经成为"校园桂冠诗人"啥的，赢得了许多女生的青睐。我知道自己才华一般，更缺乏生活，我们这代"六〇后"基本上是从学校到学校的大学生，没有下乡插队、当兵进工厂的生活经历，比起我们学校那些阅历丰富的七七级、七八级师兄师姐来，我的作品不过是"少年不识愁滋味，为赋新词强说愁"类的学生腔写作罢了。在大学时读过著名的传记作家欧文·斯通写大画家梵高的传记文学作品《渴望生活》，看得我热血沸腾。做人就要做凡·高那样有个性的人，哪怕过一种悲苦的人生。人生需要传奇，磨难是一笔财富。莎士比亚说，生活中发生的事情，超过任何一个聪明脑袋瓜的想象。生活无穷广大，如果你没有渴望的激情，没有投入到某种陌生的生活场景中去的勇气，你就只配拥有一种平庸的生活。即便你身处北上广，也只能"喝粥"。我那时特别羡慕海明威，他老人家今年在巴黎左岸喝着咖啡写作，明年又跑去西班牙参加内战、斗牛；或者要么在非洲看乞力马扎罗的雪，要么又跑到加勒比海湾打鱼。一个作家，就应该过这样的生活。

那个年代已经有一些有情怀和勇气的大学生自主择业。他们向往新疆、西藏这些宏阔辽远的新天新地。还在上一个毕业季，学校的广播站里会不时播送某某学生干部、学生党员自愿要去西藏，让人心生敬佩之情。可是等毕业分配方案一出台，你会发现那些喊得热闹的人都去了北京的大机关。老师的说法是因为他们思想境界高，所以重要的岗位更需要他们。记得我曾经动过要不要报名去西藏的念头，仿佛那时就隐约受到了那片土地的召唤。但我的一些师兄在毕业时玩的把戏让我不齿，一件神圣的事业被用来作为一张牌打，这游戏就让人敬而远之。多年以后我在拉萨见到一些在八十年代自愿奔赴西藏的大学生，像马丽华、马原等人，他们才是真正热爱西藏的理想主义者和浪漫主义者。那个年代许多热血青年，似乎都有仗剑走天涯的浪漫情怀，他们相信好男儿志在四方。渴望生活、燃烧激情、奉献青春不需要喊口号，只是默默地行动。

我最终选择去云南。这是因为有一个工作岗位让我充满向往——云南省地质矿产局宣传处。校方告诉我说，你不是不愿教书吗？你可以去和那些搞地质的一起爬大山，为国家找矿。这个到处跑的职业对我很有吸引力，尽管我对地质找矿一窍不通，但它可能正应对了我那骚动不安的青春激情。在后来我以写作为职业时，我才发现地质找矿和作家的深入生活、对历史与现实的发现和挖掘有异曲同工之处——都是在大地上寻找宝藏，只不过一个在地下，一个在地上；一个在空间里，一个在时间的纵深处。此乃上苍特意的安排乎？

　　我记得去云南报到之前回了一趟家，我的母亲对我去云南不是很情愿。当母亲的嘛，总是希望儿子能留在自己的身边，况且我还是我们家的长子，连我的邻居和中学同学都不太理解，说这大学读出来有什么用呢，还下放到云南边疆地方去了。好在我的父亲是修铁路出身的，常年漂泊在外，见多识广，西南地区的几条铁路成渝线、成昆线、宝成线、黔渝线等，都曾留下过他的足迹。他才是个标准的天涯浪子。只不过是被动的，为生活所迫的。我父母一直两地分居，毕业那年我父亲还在贵州遵义工作，直到他退休，我父母才得以团聚。小时候我也是个比较逆反的孩子，我父亲说东，我心里一定想的是西。我立志要成为他的反面，做一个不听他话的"熊孩子"。他行事谨慎，严谨刻板，我从小就大大咧咧、不拘小节；他衣着整洁，头发一丝不苟，我则故意穿着随意，头发乱鸡窝一般。但我很认可父亲的一个观点，他说好男儿要志在四方，要干大事业就要舍得吃苦。因此父亲对我去云南实现自己的作家梦比较支持。父亲1950年前在成都上过教会学校的高中，因为家庭成分不好才被送去修铁路接受改造，这一改造就几乎是一辈子。我考大学时复习英语，他还能蹦出几个英语单词来。父亲写得一手好字（我到现在都写不好字，这可经常要了我的命），还读过很多苏联小说，作为一个有文化的铁路工人，他知道作家是很受尊敬的职业，他的儿子要去遥远的地方为当一个作家而奋斗。这个远大的理想和抱负应该是让我的父亲感到欣慰并没有反对的理由吧？现在想来，如果他当年坚决不同意我去云南，我不知要付出什么样的代价。此刻，我也不知我的父亲和母亲在天之灵，能不能感受到儿子对他们的感恩之情。我是他们手里的一只雏鹰，他们慨然放飞了我，没有把我关在家乡温情的笼子里。

还记得我离开家的那个上午，只背了一个马桶包（行李都还在学校），走到院子大门口时，我回头对母亲说，妈，我走了哈。随意得好像我只是出门参加一个饭局或者同学的聚会。母亲倚在门框边，望着我说，要得，路上小心点哦。许多年以后，我努力地回忆这一生活中的真实场景，母亲眼里是不是有眼泪呢？可惜我根本没有留心看；我走出院子门以后，母亲会不会眼泪夺眶而出，我那时也没工夫去想；母亲的目光被我拉了多长，我更是永远也不会知道了。直到我也为人父亲，第一次在机场和妻子送女儿出国留学，眼看着她弱小的身影消失在安检通道后的人流中，她妈妈泪流满面，我的眼眶不觉间也湿润了。在经历了这些之后，我才会深刻地理解天底下上一辈对下一辈内心深处的牵挂之情、离别之痛。而在我们年轻时，这些人类最珍贵的情感、最深厚的爱，统统被忽略了。

就这样，一个愣头愣脑的学生哥匆匆忙忙间向四年难忘的大学校园告别，向 1985 年的火炉城市、山城重庆悄悄告别，向生活了23 年的故乡四川告别。没有挥一挥手，也没有离别的眼泪，甚至连一些伤感和惆怅都没有。我要去做一个浪迹天涯的游子了，乡愁还没有在心底里培育出来，只有对新生活的好奇和神往。

于是，怀揣着一个梦想，怀揣一张大学毕业分配派遣证，带着一包行李和一纸箱书，我从重庆挤上火车，逃难一般逃离了那座仿佛人人都在汗流浃背的城市。欢送我的只有山城的热浪，让人像狗一样张大嘴喘气。时为八月下旬，同学们都早已奔赴自己的工作岗位，有的同学在来信中说已经领到一个月的工资了，这着实让人着急。我差不多是最后离开校园的毕业生。一个人孤独地离开，也算是一种凄美的诗意吧。即便在今天，我还应该为当年自己的勇气点一个赞。人生中最重要的一步，当你跨出去的时候，尽管狼狈，但不要回头。

那趟驶离故乡火车的终点站，是一座过去只在明信片和风光图画中见到过的城市——昆明。那个年代的挂历上都会有一些风光摄影画，从天堂苏杭到长城黄山，它们就是彼时的"诗和远方"。我记得家里的墙壁上曾经挂过一幅关于昆明的风景画，西山睡美人，烟波浩渺的滇池，古色古香的筇竹寺，翡翠般的翠湖，以及昙华寺湛蓝天空下的梅花和玉兰，这些景色看上去犹如天堂。还记得在念大三的时候，有个四川诗人戴安常先生来搞讲座，即席朗诵了他刚刚完成的诗作《啊，西山睡美人》——

是睡着美还是站着美

啊，西山睡美人

起来吧，西山睡美人

不要痴迷虚幻的太空

渴求遥远的爱情

云，是漂浮不定的游子

周游世界的狡猾商人

星，眨着诡谲的眼睛

向你邪恶地调情

月亮用冰冷的嘴唇

吻去你脸颊上的红晕

太阳对你虽然爱得热烈

但热烈并非就是爱的忠贞

雷和闪电，是天上的一群恶棍

它们私设审判爱的法庭

只有滇池在默默地爱着你啊

用柔波洗翠你的青春

醒来吧，西山睡美人

走出缥缈的梦境……

那是一个文学的纯真年代，一首诗的力量，可以撼动一个民族。我还记得那个晚上阶梯教室里为争座位，低年级的同学还和高年级的同学打过一架。戴诗人朗诵完后掌声雷动，像一个英雄被学生们包围并崇拜。许多年以后我都还能背诵其中的一些诗句，我的一些在外地工作的同学也能背诵。在相聚时他们会不无羡慕地问我，西山睡美人醒来了吗？但在我只身来到云南高原时，西山睡美人还只是个诗意的朦胧意象，正如滇池、翠湖、大观楼以及昆明这座充满未知的城市。

火车驶进云贵高原时，切割纵深的高山峡谷令人瞠目。火车这样的钢铁巨龙在群山中蜿蜒爬行，不过是一条可怜的大青虫，给人某种严重的不踏实感。不踏实的还有我的一颗漂泊的心。沟壑无言，大山冷峻，用幽深的山洞将火车吞噬，高悬的桥梁让人感到火车像在钢丝上骑自行车。前途未卜，生命无畏，这年轻的生命将去拥抱一个崭新的世界，将去接受锤炼、砥砺、打击，去获取生活的奖赏和磨难的惩罚；去爱和被爱，去结交新的朋友和敌人，去成为一个奉献者和索取者，去逐步成长为一个男人、丈夫、父亲。全新的异域生活从此将在他的面前次第展开，这是一片人生的新大陆，陌生、偏远、荒凉、孤独。经历了一些风雨后我才会明白，人生是一条很漫长的路，陌生感是培养勇气的温床，也是打败懦夫的敌人。新大陆只接纳那些勇敢的人。未来是否充满诗意，云南高原是否接纳一个渴望成为作家的游子，一切都是未知数，一切又充满了希望。

时光飞逝，倏忽间三十余年。今天我还能清晰地看见当年那个走出拥挤嘈杂的昆明南窑火车站的家伙，形单影只，满脸青涩。高原城市明亮的阳光晃得他几乎睁不开眼，空气清凉，是那种没有凉风的凉、透彻入肺的爽。天空湛蓝，就像被海水冲洗过，这是盆地人久违了的颜色；白得发亮的云层堆积在城市的上空，形状生动，充满质感。这是他在家乡看不到的云，这是异乡的云，"是漂浮不定的游子"，像他一样四处飘荡。但它们不一定都是狡猾的商人，云也许应该有自己的家，"白云生处有人家"，云飘到哪里，家就安在哪里。

那时昆明火车站外只有一条柏油马路通向城里，路两边是高大挺拔的白桉树和翠色的田野，蓝天白云下树枝摇动，碧绿的树叶泛着白光，分外生动，一些马车响着叮叮当当的铃声，在公路边行走得怡然自得、理直气壮，而赶车的老倌似乎还在打瞌睡。公共汽车没有他刚离开的那座城市重庆那般拥挤，当年在重庆乘公共汽车就像一场战斗，许多时候你必须在车滑进站台时，像铁道游击队员那样飞身上去吊在车门上，否则你永远只有等下一趟。年轻人惊讶的是，即便是在火车站这样人来人往的地方，上下公共汽车原来并不需要摩肩接踵、挤挤攘攘，人们慢腾腾地上下车，井然有序，不急不慌。昆明城这种慢生活的节奏，那时让人还颇不适应呢。对一个刚刚走出大学校门的学子来说，他希望生活是迪斯科的节奏。迪斯科的喧嚣，迪斯科的刺激与梦幻。而迪斯科在那个年代，似乎就是刚刚开放起步的中国社会应该有的步点和律动。

但生活绝不是一场迪斯科。我进城后立马去单位报到，一分钟都不想耽搁。云南省地质矿产局在白塔路，是昆明城中心地带。一栋巨大的土黄色大楼临街而立，宽阔的楼道，朱红色木地板，办公室宽大幽静，窗明几净。一个严肃的中年男人接过我的派遣证，脸上五官舒展开来，说，啊，你终于来了，欢迎欢迎，我们局第一个学中文的大学生。旁边有人介绍说，这是我们的李处长，是他亲自把你要来的呢。

办完报到手续，就这样算是进了单位的门，但一个学中文的大学生怎么去为国家找矿呢？且莫慌，处长说，今年我们局接收的大学生都要下派到基层地质队去锻炼两到三年，你就去第一地质大队宣传科吧。那是我们的功勋地质队。你先去局招待所住下来，等两天他们会来人接你下去。

后来我才知道，那一年省地矿局机关分来了十几个大学生，他们都来自北京地质大学、成都地院、武汉地院、长春地院等专业地质院校，也都被下派到各地勘单位实习锻炼，其中还有一个是省长的儿子呢。搞地质的人四海为家，大多来自五湖四海，我的处长也是成都人，"文化大革命"前毕业于成都地院，虽说是干地质的，但写得一手好字，书卷气十足。我不知道我将去的那个地质大队会是什么样子，我只有服从命运的安排。锻炼就锻炼吧，年轻人不接受锤炼，又何以成长？那个年代国家分配给你一个工作，你就得去这个岗位窝着，似乎是天经地义的事。干得好干不好，完全看个人。如果你拒绝，就得去当个体户。难以想象你读了十几年书，光荣地大学毕业，却不要国家安排的工作。而一些个体户虽然率先发家致富了，成了不得了的"万元户"，但仍然没有社会地位，仍然被人瞧不起。一个大学生再穷再苦，他的头上还是有顶社会认同的光环。

三天后第一地质大队宣传科的陈科长来接我，这是一个壮实的湖南汉子，说略带湖南腔的云南话。我的尚未开箱的行李书籍等，被搬上一辆破旧的通勤客车，中午出发，夕阳西下时，那通勤车才驶入第一地质大队的队部基地。从大门到队部机关大楼，是一条一公里长的笔直大道，路两旁是墨绿色的松树，树下荒草蔓延。队部机关大楼是三层红砖楼房，面对那大道，看上去还有些气派。基地位于一片旷野之中，被高大蜿蜒的围墙所围绕，孤立于一座平缓的山坡上。周围没有城镇和村庄，举目四望，很冷清，很空旷，也稍显荒凉了。

我在心里对自己说：这是我的荒原。

我先被安排住在队部招待所，第二天一上班，陈科长说，我带你去领劳保吧。劳保是什么？对一个学生哥来说很新鲜，但绝对让人充满好奇。登山鞋、防雨服、地质双肩包、宽边地质帽、野外可加热的饭盒、固体燃料球、压缩饼干、午餐肉，等等。现在看来，都是些户外装备啊，哥们儿在那个年代，就当"暴走族"了。

几天后分到一间土坯房，大约有七平方米。所谓土坯，是指没有经过烧制的泥砖，太阳晒干以后直接垒砌成墙，也就是我们过去在书上、电影里看到的"干打垒"。这种房子带有临时性特征，土头土脑，极易残缺，日晒雨淋后，墙面花里胡哨，透着苍凉破败感。房间里一张木板床，外加一书桌一凳子一盏悬在屋子中央的白炽灯，再有就是我的一纸箱书和一木箱衣物了。第一个晚上，屋子外狂风猎猎，龙吟虎啸。在四川盆地，我从来没有领略过这样大的风声，这是高原的风，既浑厚又尖锐，像汇聚了无数厉鬼的千军万马，在夜空中呼啸着浩荡而去（后来我才得知这里还有一个称谓——小西伯利亚）。木头窗框和土坯墙之间一些连接处的缝隙，宽到可以塞进一根食指，那些风之厉鬼便锐利地杀了进来。虽然还是八月，但我感受到了那风里的刀锋。

我想家了，也想我的大学、我们美丽的校园。我的那些在大城市工作的同学，他们此刻正在林荫道上挽着女朋友的手轧马路吧？或者在迪斯科舞厅狂欢，在火锅店里喝啤酒，在图书馆里做学问。而我怎么会到这里来了？

唉，怕个锤子。新生活才刚刚开始，年轻，就是本钱；挺住，意味着一切。

住进土坯房的第一个晚上最适合用来写家信。我至今还能感受得到写那封家信时眼眶里泪水的温度。"烽火连三月，家书抵万金"，彼时虽然没有烽火连天，但也山长水阔，去家千里。年轻的心刚刚学会盛满的乡愁，一不小心就倾泻出来了。

爸爸、妈妈：

　　你们好！

　　儿已经到云南省第一地质大队来报到上班了。这个地方离昆明有一百多公里，在寻甸回族自治县。儿一切安好，勿念。

　　可能爸妈要问：不是说分到局机关的宣传处吗，怎么会到地质队了？我是被派下来实习锻炼的，时间两到三年。人们说这是为培养后备干部做准备，今年分到地矿局机关的大学生都是这个政策。其实我很感谢这样的机会，它能让我尽快地接触到社会，熟悉这个行业的工作。第一地质大队是一个县团级单位，有近两千名地质队员，哪里的人都有，北京天津的，上海浙江的，湖南广东的，四川辽宁的，真正的五湖四海。感觉这里的人都很朴实，对我也挺好的。他们还没有见到过中文系毕业的大学生，于是把我当成个青年才子看。下午就有个大妈拉着她的孩子来看我，说要向这个哥哥学习，好好考大学。其实地质大队是个专业性很强的单位，里面有许多高级知识分子，好多人都是"文化大革命"前的大学生。只是工程师、总工程师看上去跟一个乡野老汉差不多，也许和他们常年在野外找矿有关吧。我现在暂时分在大队部的宣传科工作，领导说以后还会让我下野外地质分队去锻炼，跟着那些地质队员爬大山。我想我可以凭此感受到云南的山山水水，长很多见识。我喜欢这个工作。

云南的天气很好、很凉快，只是太阳大、风大。想想在重庆的夏天，要有一丝风吹来是多么惬意的事情。在这八月的天气里，我一天都没有出一滴汗水。等明年夏天，我安定下来了，就接爸妈到云南来耍。

在野外地质队的待遇不错，比在昆明好。我领到很多劳保，每月还有八盒午餐肉罐头。我们的队部基地在离县城十一公里的地方，像一个独立的军营。国家有条政策规定，基地离县城以外十公里的，每天有八毛钱的野外生活补贴。因此我每月可以多领二十多块钱。如果下到野外地质分队，补贴更高，据说是每天一元二。我现在可以拿到八十多元的月薪呢，在我的同学们中算是高工资了，他们大多只拿五十多块。等到月底领到工资后，我会每月给家里寄二十元钱回去，以尽儿子的孝心吧。

爸妈请放心，这里生活和四川差不多，队部食堂伙食还行，只是味道淡点。我今晚打了两份肉吃，不会像当学生时经常瘪肠寡肚的了。我在这边会好好干的，一切都很新鲜，我会慢慢熟悉情况，包括看一些地质找矿的书籍。工作上的事情，等下封信再向爸妈讲吧。

　　春节我就可以回家探亲了，还有五个月吧。

颂

夏安！

儿敬上

　　我想我是一个男人了，再不是父母身边老是长不大的孩子。我要像一个男子汉那样去面对生活。从繁华的重庆来到这荒郊野岭，从热闹非凡的大学生宿舍住进这冷清得只有风声的土坯房，从天之骄子成为一个奔前程的上班族，我得学会很多东西，还得学会忍耐、学会坚强、学会乐观，学会坚守信念。我认为我的家信应该让父母放心。但后来听我姐姐说，我的母亲看到信就哭了，因为我精明的父亲一眼就看穿了我的境遇。他老人家南征北战修铁路，什么世面没有见过啊。父亲说，国家给那么高的补贴，说明这工作相当艰苦了。野外咋个回事，我最晓得。秋天来时来自家乡的包裹不断，毛衣、线裤、围巾、毛背心，还有家乡特产，腊肉、麻辣兔、米花糖，甚至连花生米都寄了一袋来。儿行千里母担忧，说的就是这个吧。

其实，我去地质队时，干地质的人后勤保障已经有很大的改观了。过去他们是哪里有矿哪里安家，大山深处的帐篷、活动房、干打垒或者老乡的猪圈牛圈，就是他们的家。一个大型矿山从普查到详查，从初步勘探到给国家提供完整的地质资料，一般要干一二十年，甚至更长时间，老一辈的地质人是真正的大地上的流浪汉，他们踏遍青山，四海为家，一会儿湖南广东，一会儿四川云南，国家需要什么矿，你就去把它找出来，哪个地方有矿，那里就是你的人生下一站。第一地质大队里就有许多地质队员参加过攀枝花铁矿的勘探工作。他们去到的地方多是荒山野岭，走后就有一座矿山城市矗立在大地上。所幸80年代国家改革开放起步，地质部门也搞专业化属地化改革，将地质队和探矿队区分开来，并建设队部基地，以解决地质队员们的后顾之忧。第一地质大队的队部基地从前是云南农业大学的校址，建于70年代，那是为了响应号召，要把大学办到农村去。但到了"文化大革命"结束后，大学恢复招生，谁愿意到这不毛之地来读书呢？农大在80年代初及时搬回了昆明，留下这一片陈旧破败的楼房和一排排像兵营似的干打垒宿舍。地质队也许是最合适的接盘单位，大家都往城里搬，而他们的工作性质就是跑野外的，有一个生活基地，对许多习惯了四海为家、天当被来地当床的老地质队员来说，无异于一步跨进了天堂。地质队搬来后也搞了一些建设，生活设施几乎一应俱全，学校、邮局、医院、派出所、电影院、篮球场和足球场，以及食堂和街子（小小的农贸市场）。基地除了队部机关和总工办、实验室、绘图室等业务部门外，还是地质队员们的家。春天到来时，地质队员们收拾好行装，背上地质包，告别家人，出发到各野外地质分队，大山深处才是他们真正的工作地。到冬天来临，雨雪交加、寒风四起、道路阻塞时，地质队员们才会像候鸟一样回到队部基地，回到他们温暖的家。这种生活不是一般人可以理解的。有一次我下野外，在一个钻探分队，身边钻机彻夜轰鸣，我们住在活动铁皮屋里，围着一个火塘喝酒瞎聊，打发漫漫长夜。有个毕业于成都地院的助理工程师，又黑又瘦，戴个眼镜，和我特别谈得来。酒到酣处，他对我说，他有件很遗憾的事情是，不知道自己的妻子穿裙子是什么模样。

作为一个刚刚走出校门的学子，我不知道一个大男人、大丈夫，一个80年代毕业的大学生，为什么还没有见过自己妻子穿裙子的模样。我没有见过我的母亲穿裙子，因为那是在"文化大革命"年代，女士穿裙子会被视为小资产阶级思想。现在都什么时代了，大街上红裙子白裙子黄裙子随风翻飞，争奇斗艳，有什么稀罕的呢？可是那时我太年轻、太稚嫩，典型的少年不识愁滋味。直到他从黯然神伤，忽然到泪流满面，我还是没有明白，一个胡子拉碴的大男人，哭什么哭啊？

干地质的人大都有一股豪迈之情、浪漫之心，但也有某种深刻的孤独、淡淡的忧伤。直到我干了几年地质之后才能慢慢体悟出这种职业情感。它是粗犷广袤的、面向大地的，高山大河，雪山峡谷，都在脚下；它又是深厚细腻的、穿越时空的，地下几千米洞若观火，震旦纪侏罗纪白垩纪，从千万年到上亿年的时间了如指掌。他们眼中的时间，就是地球的历史。所以这是一群爱得很深的人，我很荣幸成为他们中的一员。

我的第一份工作是参与编一份队部机关小报，八开四个版，印两百份左右，这张报纸在全局系统里是做得最好的。这报纸出笼也很特别，因为印数太小，不可能送到正规的印刷厂去排版印制。我们先把文章请打字室的人打印出来，然后用剪刀将一篇篇文章剪下来，正文、标题、副题、内文都用复印机放大或缩小成不同的字体，再用胶水贴到一张画好版式的白纸上，是为拼版，再加一些照片、花边图案，一个版面看上去至少不单调了，再送到复印室用复印机复印。我的同学有分到出版社、报社、文学刊物当编辑记者的，我们通信时谈到各自的工作，我总是很自卑，觉得自己是个不入流的编辑，我羞于启齿自己编的报纸。可是在现实中，我还是干得很起劲。我们的报纸除了刊登局里、大队的时事要闻、领导讲话和主要工作外，每期还留一个版或半个版来刊登地质队员们的诗歌和散文。地质队里也有个文学社，我们给它取名为"山谷风"，语出在地质系统的一首行业歌曲，"是那山谷的风，吹动了我们的红旗"。文学社聚集了十几个喜欢文学的青年，写诗的居多，他们也知道北岛和舒婷，知道朦胧诗，但写得更多的是一些充满山野激情的为国找矿诗。那个年代似乎到处都有这样的文学社团和朴实无华的文学青年，无论是在城市还是乡村、在高校还是工厂。缪斯女神如此高贵，文学的梦想却遍及乡野，让我这个学中文的人，似乎不去当一个作家，都对不起自己的祖宗。

我初到地质队时做的一件让人不可理喻的事情是，每到星期天就去爬周边的大山，否则那么多的荷尔蒙怎么消耗？我背上地质包，里面有两个馒头或压缩饼干、一些糖果、一壶水、一台半导体小收音机、一副望远镜和一部120黑白相机。我独自穿过田野，穿过村庄，沿着山脊线往山顶爬。山都很荒凉，只有一些草坡和低矮灌木，爬到山顶，方圆几十里起伏的大地尽收眼底，却没有"会当凌绝顶，一览众山小"的气概，因为还有更高的山，苍苍茫茫地蔓延在远方，让人真正体会到云南高原的山，山山相连，山外有山，一辈子也爬不完的大山啊！但每次登顶的那种感觉还是很豪迈、很激动，有小小的征服欲、自豪感。尽管我回到队部基地时，人们会笑着说，今后有你爬的山呢，爬到你哭。

的确，干地质的人就是爬大山的料。按他们的说法，把自己的脚底板高过群山。尤其是那些搞地质普查和地质填图的地质队员，那是真正的"爬山匠"。给你一张1：50000或1：100000的地图，上面标好经纬线，你就迈开双腿走去吧，逢山翻山，逢水过河。在一些原始森林里，你得用砍刀开路。一个搞区域地质调查的地质队员告诉我说，他有一次在西双版纳的密林里，要翻过一根横亘在前面的巨大枯树，他实在翻不过去了，就想先靠着那根布满青苔和各种不知名的热带植物的枯树，抽一支烟、歇一会儿。等他烟点燃后，忽然发现枯树的上面部分动了起来，再仔细一看，原来是一条大蟒蛇伏在枯树上啊！刚才他还把胳膊搭在那家伙冰凉的身上呢。这蟒蛇足有人的大腿粗，他吓得屁滚尿流，滚下了山涧，好在茂密的次生林没有让他摔得更远。他还遇到过熊，手上只有一把地质锤，他们相隔二十来米，对视了两分钟，熊自己一摇一摆地走了。这哥们儿说他差点尿裤子了，汗水湿透了全身。

我短短五年的地质生涯中没有这么些传奇经历，也没有想象的那么辛苦。我下野外地质分队时，爬的大山也不算多，远没有到爬到哭的地步。那时，每个野外分队都配有一辆八人座的北京吉普，有点像我们看的老电影《奇袭》中美国佬的那种中型吉普车。地质队员叫它大屁股吉普，它在乡野里也挺威风的，开到村寨里很招姑娘们的眼。要知道那时县委书记还只能坐五人座的北京吉普。在一些偏远的地方，我们经常被当作上面来的大干部，被老乡们拉着说事儿，要救济粮、化肥种子啥的。有些地质队员也挺油的，把自己装得像一个能办大事的干部，骗老乡们把陈年老火腿割一块下来喝酒。他们是大山的浪子，知道到什么山头唱什么歌，但他们绝对心地善良，不过是饱一饱口福、过一点嘴瘾。有时假戏真做，把人家姑娘哄到手了，那是一定要娶回家的。地质分队里有专职的指导员，像部队一样对思想政治工作抓得很严。

有一次在一个小山村，我们在村长家吃饭，一个姑娘清纯黑亮的眼睛让我想起了我的初恋，令我有些不能自持。那姑娘似乎对我也有些感觉，给我盛饭时左一勺右一勺的，压得饭碗堆成一座小尖山。身边的兄弟们看出了异样，便趁机起哄，把朦胧中的美好感觉昭然于天下。这下好了，当我们上车走人后，在山路上绕了几个弯，猛然发现那姑娘还站在山头上。她头上的红色头巾是那样的引人瞩目，那样的让人羞愧。我们其实连一句话都没有说，人家叫什么也不知道。那个晚上我是被分队里的苞谷酒搞翻了。

平常大屁股吉普给地质队员们运送给养，也把出野外工作的人们送到公路能达到的地方，没有路了，大家再下车爬山。这种帆布篷的吉普车不关风，在山间土路上摇摇摆摆地行驶，拉出漫天的尘埃，夏天时尘埃呛人，天冷时寒风在车里到处乱窜。地质队的司机都是一等一的驾驶高手，再陡的山路他都上得去，半个轮子悬在山崖边他也敢开。我后来跑藏区采风体验生活，什么样的路都敢走，也跟在地质队里练出的胆量有关吧，包括野外生存经验、什么地方可以扎帐篷、什么地方可能有水源、风雨中如何升起一堆篝火，以及遇到蛇、蚂蟥、马蜂、跳蚤之类小生物该如何应对和防护，等等，我认为这些就像人生必修的课程一样，你必须掌握。

我跑过的一些野外地质分队，有找煤田的、找黄金的、找铅锌矿的、找磷矿的，等等。野外分队的兄弟们把我当他们中的一员，告诉我如何看地表露头、看地质年代、看地层断代。人们根据大地上隆起或切割的高山峡谷，确定地表形成的地质年代，从地质年代推断可能潜藏的矿藏，从地层断代或地表露头（也叫矿苗）观测它是什么矿种，然后挖一个探槽解剖地表，这探槽就像战壕一样，有可能绵延数里长；当探槽工程摸到矿脉的大体走向时，他们会沿着矿脉再打一个探洞，进一步摸清矿藏丰富与否。在黄金野外地质分队，我曾经进过一个金矿探洞，地质队员们沿着金矿脉往大地深处掘进。那矿脉粗的有人胳膊大小，细的仅如人的一个手指。而且就是这样的矿脉，三克吨（亦即每吨矿石里蕴含了三克黄金）就够工业开采品位了。一克黄金，要经过多少人的努力，才能从大地深处提取出来啊！想想你手上的金戒指、脖子上的金项链，应该就不会抱怨它为什么那么贵了。找矿的最后一道工序是，如果发现某处矿藏有勘探价值，那就上钻机。几台十几台钻机布下去，将地层深处的岩芯提取出来，再送到化验室解剖分析，地下世界的秘密就昭然若揭了。

多年以后，在我成为职业作家搞田野调查时，我便不自觉地采用了当年地质队员们找矿的这种方式。我在大地上行走，穿州过县，走村串寨，不同的民族文化、不同的人文特色，观察、学习、比较、鉴别，我寻找最适合于我写的那个题材。当某个地方的人文历史让我怦然心动，当我发现某个村庄蕴含着丰沛的写作素材时，我就会像发现了金矿一般"上地质手段"了。从外到内，由表及里，从社会表象的解剖到人文、历史，再向宗教信仰、文化文明的深度挖掘、勘探。功夫如果能做到这个地步，再写不出好作品来，那就只能怪自己的才华有限。

我相信天地宇宙间有一些命中注定的东西，我也相信所有的经历都是有价值的。地质队员的生涯开阔了我的视野，塑造了我的性格，让我眷恋脚下的这片土地，热爱它，敬畏它，走向它，阅读它，书写它。我成了一个不在大地上行走就很难写作的作家。"读万卷书，行万里路"，一直被我奉为圭臬。当我站在某一个海拔三四千米以上的雪山垭口，遥望眼前连绵的群山，像凝固的海浪，一浪高过一浪，层层铺排到天边。天高地厚，思绪苍茫。我会感受到这颗蓝色星球上的宏大叙事，感受到大地深处的脉动，感受到有股氤氲之气，在滋养我的灵魂，培育我的灵感。一个作家，就该是这样炼成的吧。

"泰山成砥砺，黄河为裳带"，这个世界如此丰沛多姿，却如一个无言的大师，教我们一步步成长。在我成为一个地质工作者时，我并不确定自己将以写作为终身职业，只是怀揣一个美好的梦想；当我成为一个职业作家时，我却常常怀想干地质时的那些青葱岁月。古人云："到处皆诗境，随时有物华。"青山踏遍，人生如寄。无论是寄存于故乡，还是寄存在高原，旷野中认准的一条路，一直走下去，总会找到属于自己的矿藏。正如有一次我在山林里迷了路，天已向晚，恐惧随着黑暗一层层地压来。我以为自己到了绝境，但昏天黑地中其实有一条路就在我的脚下，你只需勇敢地走下去。这世上有的人是探路者，更多的人是在走前人走过的路。大地上的道路千万条，贵在发现。你只需有一双慧眼，再加上无畏的勇气。

（原载《青年作家》2020 年第 2 期）

08

遥远的向日葵地

◎李娟

回家

我回家了。我从乌鲁木齐坐夜班车到镇上，再从镇上坐中巴车到永红公社。"永红公社"，一听这名字就知道此处已被现实世界抛弃多年。

同车有个人第一次去到那里，一路上不停感慨："怎么这么远？……怎么还没到？……怎么一路上都没有一棵树？……"略带惊惶。我暗想他有着怎样的命运。同车的人深深沉默，只有司机耐心地安抚他："走了一多半了……再有一个小时就到了……这里河边才有树……"

中巴车在公路上漂泊，公路在戈壁中起伏。我疲惫不堪。那人还在旁边惊叹："老辈子人咋想的？最早咋跑到这里来？这种地方咋过日子？"……像是多年前的自己。我强烈地熟悉车窗外的情景，虽然我也是第一次走这条路，第一次去那个地方。

到地方了。在中巴车停靠的地方，我妈等待已经很久。她的摩托车停在一家菜店门口，后座上已经绑了一堆东西。她说："要不要逛逛？"我朝东边看看，又扭头朝西边看看。这个永红公社，只有一条马路，只有两排店面。我说："算了。"我妈说："那咱赶紧回家吧。赛虎一个人在家。"我挤进她和那堆菜蔬粮油之间，摩托车发动，我们猛地冲了出去。很快把这个小小的镇子甩向身后的荒野深处。

一路上她不停夸耀自己的车技："看到前面那两个小坑没有？中间就一拃宽。看好了啊——看！过去了吧？……你知道哪儿有摩托车比赛的？咱不跟人比快慢，咱就比技术！不信你看，前面那块小石头，看到没有？……这技术！……"

这是我第一次坐她驾驶的摩托。大约是刚买的新车，上次回家没有看到。不过上次回家是什么时候？上一次那个家在哪里？

大约十公里后，摩托车下了柏油路的路基，驶上一条延伸进南面荒野的土路。又过了一条宽阔的排碱渠后，开始爬一段陡坡。她停下，扭头说："你先下去，自己从那边抄近道。"

我啧啧："这技术！"

登上这段陡坡顶端，视野突然空了。戈壁茫茫，天空一蓝到底。回头居高临下俯瞰整面河谷，乌伦古河寂静西逝，两岸丛林单薄而坚定。突然想起不久前那同车的异乡人。若此刻他也在此地俯瞰，就会明白老辈人的心意吧……

这条野道尘土飞扬，几公里后，开始有远远近近的田野一片接一片涌进视野。和乌伦古河谷的绿意不同，田野的绿如同离地三尺一般飘浮着。辽阔，缠绵，又梦幻。我们的摩托车在天地间唯一的道路上飞驰，那片绿色是唯一的港湾。

土路越走越窄，经过几个岔路口后，便只剩不到一尺宽。仅仅只是路的痕迹而已，只是这坚实大地上的一道划痕。

我妈说："这条路是我的。"

又说："本来这里没路，我天天骑车打水，来来回回抄近道，就走出了一条路。看，直吧？……这条路只有我一个人在使用。"

路的尽头就是我家的葵花地。葵花已有半人高。没有风，田野静得像封在旧照片里。远远地，我一眼看到了田边空地上的蒙古包。我妈说："到家了。"

大狗丑丑飞奔着前来迎接，向摩托车前轮猛扑，似乎想要拥抱我妈。我妈大斥："不要命了？！"连连减速。

这是我第一次见到丑丑。我妈骄傲地介绍："我的狗，大吧？丑丑，这是你娟姐，快叫姐姐！"丑丑闻了一下我的鞋子，犹豫了两秒钟便接受了我。

这时，我听到了赛虎的声音……似乎突然从漫漫长夜中醒来，这声音揭开我对"家"这种事物的全面记忆。像是之前一直没完没了地在以各种各样的钥匙开锁，突然试中唯一正确的那把，锁开了。

锁开了，铁皮门刚拉开一道缝赛虎就挤了出来。直扑过来，激动得快要哭泣一般。我蹲下来拥抱它。抬起头一眼认出床板上的旧花毡，接下来又认出床前漆面斑驳的天蓝色圆矮桌，认出桌上一只绿色的搪瓷盆。没错，这是我的家。又记起之前有过好几次，和此时一样，独自去向一个陌生的地方，找到一座陌生的院落。和此时一样，若不是我的赛虎，若不是几样旧物，我根本不知那些地方与我有什么关系。

我妈急着拆解车上的包裹，她一面在包里翻找一面和丑丑过招。后者似乎有了预感，兴奋又焦躁，扯着她的胳膊不放。果然，我妈最后取出了两根火腿肠。

分完礼物，我妈又赶紧去放鸡。我尾随而去，又认出鸡笼上几块涂着蓝漆的木板。多年前它们曾是我家商店柜台的一部分。长长舒了一口气，感到这个家已经在心里悄然生根。我问我妈柴在哪里，然后劈柴生火，烧水做饭。

稻草人

我回家后，我妈给我安排的第一个任务就是做个假人立在葵花田里，用以吓唬鹅喉羚。

此类道具俗称"稻草人"，可戈壁滩上哪来的稻草？连普通草都没几根。我沿着地边的水渠上上下下逡巡了很远，只拾回一只上游冲下来的破塑料桶和两只装过化肥的包装袋，以及几只空农药瓶。

在野地里做饭大多烧煤，天气热了才烧柴。柴是搬家时随车拉来的，已经不多了。我在柴堆里翻了翻，取用了其中几根最粗最长的，绑成一人多高的十字架。再把那两只白色包装袋撕开胡乱缠上去，最后将破桶顶在架子上端。——但这个东西怎么看都没个人形。我便翻出我妈的一条旧围裙和一件起满毛球的旧毛衣，给它穿了起来。这回体面多了。但左看右看，未免太平易近人了，能吓唬得了谁？又把那几只农药瓶用绳子系成两串挂在它胳膊两边。

我把这个寒碜的稻草人平放在门口空地上，等我妈回来验收。我家的鸡好奇地围上来，啄来啄去，议论纷纷。后来丑丑直对着走过去，就地一趴，枕着它的臂弯睡了。我妈的旧毛衣真温暖。

我妈回来后看了一眼，没有发表评论。她房前房后忙乎了一阵，没一会儿，这位假人先生脖子上给挂了一长串花花绿绿的项链。她用塑料包装纸拧的。然后又毁了狗窝的门帘，给它围了面披肩。最后我妈把这位先生竖起来靠着蒙古包站立。它看上去无奈极了，像是为了哄孩子不得不这身装扮然而又被外人迎面撞见。

第二天，我俩抬着它走进葵花地，将它稳当当地栽在大地上。我妈理理它的衣服，冲天边的鹅喉羚念叨："再别来我家了，饿了就去别人家吧，东面刘老板最有钱了！"

离开时又回头看了一眼，它高高凌驾在海一样动荡的葵花苗地中央，滑稽而凛然不可侵犯。

有了假人先生，且不说在对付鹅喉羚方面是否有效，当夜我们总算是稳稳睡了个好觉。神奇的是，这一夜丑丑也没再神经兮兮大喊大叫了。我想象一个巨大而宁静的领域，以假人为中心，以鹅喉羚的视距为半径，孤岛般浮出月光下的大地……我却渐渐下沉，深埋睡眠之中。

清晨我去看它。朝阳从地平线隆起，光芒从背后推来，身不由己地向前走啊走啊。假人先生越来越近，纹丝不动，迎光而立，孑然一身。这个夜里它经历了些什么呢？明明昨天才诞生，但此生已经比我漫长。他坚定地沉默，敛含无穷的语言。我掏出手机拍摄，他正面迎向镜头，瞬间撑起蓝天。取景框瞬间捕捉到了天地间唯一的契机。天空洞开，大地虚浮，空气响亮，所有向日葵上升。快门的咔嗒声开启了最隐秘的世界之门。我看到假人先生抬起头来……但是一移开手机，门就关上。葵花地若无其事，每一枚叶片绝对静止。只有假人胳膊上挂着的塑料瓶轻轻晃了一下。

我拍的那张照片美丽极了。为此感激我的手机，它还不到四百块，居然有这么棒的拍摄功能。可是后来手机丢了，幸亏之前把照片转存进了一块移动硬盘。我感激我的移动硬盘。但是后来硬盘摔坏了……被高高放置书架顶端。我仍然感激，假人先生仍在其中静静站立。就在硬盘的某枚碎片里，仍伸展双臂，守护着脚下无边绿浪……无人见证。奇迹发生时，我妈正在蒙古包里忙碌，小狗背朝我晒着太阳。唯一通向我们的土路只有一尺多宽。最近的人间，永红公社，可能比我们消失得还快。中巴车来了又去。人们往往返返，渐渐改变心意。脚下大地已存在了几十亿年，我只活了几十年，我只有一个手机。奇迹发生时，强大的希望叠加强大的孤独，不能承受，想放声大哭……人生统统由之前从未曾有过，之后也绝不再发生的事情组成。奇迹结束后，只有假人先生仍陪伴我，温柔俯视我。只有葵花四面八方静静生长，铺陈我们眼下生活仅有的希望。

（原载《文汇报》2015 年 3 月 27 日）

09

回鱼山

◎叶梅

春天以来，一直想着回鱼山，大哥来过好几次电话，山东鲁南的口音稍重一些，便有些听不清，但几句关键词却是再三出现的："妹妹呀，回家不？清明快到了，该给咱爸妈上坟啦。"我说是啊，天天想着，但身边总有些事牵扯，总算在渐渐热起来的夏日，回到了黄河边的小村庄。

曾经写过一篇《致鱼山》，这鱼山是一座小小的山，属于东阿县，东阿值得骄傲的有两件常挂在嘴边，一是阿胶，二是鱼山。前者天下闻名，后者颇有些阳春白雪，知之者不多。但古来无数文人墨客到过鱼山，做过东阿王的才子曹植，身后就葬在了鱼山。说起来让人恍然，原来如此，果然是山不在高，有仙则灵。鱼山下黄河弯弯，波涛粼粼，是我的父辈居住过的地方，至今我的大哥仍守候在村子里。

大哥是父亲的前妻所生，父亲从山东南下到湖北，大哥在鱼山村长大成人，种地为生，到现在住的仍是爷爷那一辈留下的老院儿。那院子不大，过去三间土墙草顶房，院儿里长一棵枣树，树下一眼井，井旁边一口大缸，但凡要喝水，从缸盖上抄起瓢来舀着就喝。父亲与他的兄弟姐妹都在这院里长大。

前些年，父母先后魂归鱼山，从此我常常找时机回鱼山拜望。路是越走越近了，自从有了高铁，从北京到济南只要一两个小时，再坐上汽车沿高速公路而行，眨眼就过了东阿县城，径直往南，沿途的绿树下，有人摆着西瓜摊，还有些红桃黄杏，没看够就到了鱼山村。

大哥家在村东头，每回车到门前还没停稳，大哥就从院里迎了出来，大声招呼着："妹妹呀，回来了！"

每次都会发现这熟悉的小院些微变化。

一九八〇年初，我和大妹第一次回鱼山，那时大哥家很穷，能变钱的就是养在院里的一群鸡。这些鸡白天在院子里溜达、刨土，夜里就歇在那棵枣树上。一开始我们不知道，夜里出来上茅房，肩头突然一热，摸去稀乎乎的，抬头吓一跳，树上蹲着一些黑乎乎的大鸟，不禁大惊小怪地叫起来。大哥大嫂跑出来，乐了，说那不是鸟，是咱家的鸡。

鸡怎么会在树上呢？在我从小长大的三峡，山里人养的鸡一早就放出去了，满山遍野转悠，吃草丛里的虫子，天色暗淡之后，会跟着昂首阔步的大公鸡依次归到窝里。可大哥说："咱这儿的鸡就这样，它们愿在树上歇着，下蛋才在窝里。"又说，"北方跟南方，可不就是好些个不一样？"大嫂伸手去窝里掏鸡蛋，一手抓出两个，一手又抓出两个，笑嘻嘻地说要炒了给妹妹吃。

大嫂叫妹妹的声音又脆又甜。大哥原先娶过一个南方过来的女人，可进门不到一个月就跟着她"娘家哥哥"跑了，后来才明白那是一伙骗子，娘家哥哥其实就是她的男人。这对男女沿着黄河边的村子走来，逢人就可怜兮兮地说家里遭了灾，当哥哥的要把妹妹嫁出去找个活路，不要多的彩礼，给一笔让哥哥回家的路费就行。村里人一撮合，二叔就做主将这女人娶进了大哥的小院，可没想到日子刚刚过起来，有一天，这女的说到村头小卖部打瓶酱油，可一去就再也没回来。事后有人在东阿县城的车站见到他们，拎着大包小裹的，一看就是两口子的行迹。大哥听说之后要立马去找，二叔叹了口气，说骗子跑得会比兔子还快，鼻子比狗还灵，人家早就不知窜哪儿去了，上哪儿找去？别费那个冤枉劲。大哥只好自认倒霉，见人就说："咱爸南下帮他们打仗求了解放，那儿的人咋还来骗咱呢？"二叔说："看你咋说的？啥地方都有好人，有坏人。"

可后来娶对了大嫂，邻村的姑娘，还上过几年小学，比大哥识的字多，虽然模样不怎么秀气，高个子，大手大脚，再加脾气挺偏，寻了几处婆家都没成，但跟大哥成了家贴心贴意的，接连生下两个儿子，小院儿的日子红红火火。

头次见面，我和大妹就被嫂子的笑容给融化了，她总是一开口就脸上带笑，咧着嘴，没有遮拦的，一下子就不觉得生分了。嫂子将原先放着一些杂物的东厢房收拾出来，一铺大炕烧得暖烘烘的，炕沿小桌上的柳筐里盛着炒香的"长果"（花生）、清甜的小黑枣，嫂子说："妹妹尝尝好吃不，这枣儿是咱树上摘下的。"她把好吃的东西都给我们拿出来，却把俩孩子牵开了，不让他们进东厢房。

大小子就站在北房门前，一直眨巴着眼睛盯着厢房这边，他穿着厚厚的棉袄，撒拉着两只手，瓮声瓮气地说："俺要吃煎饼。"他娘不在跟前，我问哪儿有煎饼，虎子仰着脖子，指着房梁上吊着的一个柳条筐，我搬过凳子取下来，筐里果然黄澄澄的一摞子煎饼。颜色看着诱人，但咬一口啪的碎了，干干的玉米味儿觉不出什么好吃，虎子却一手抓起一块，这边咬一口，那边咬一口，吧嗒着嘴吃得香甜。

想到大哥从小没上过学，再看看眼前的孩子，心里就升起一个念头，低下头来问孩子："虎子，跟姑姑去南方吧？"孩子不理会，只顾吃他的煎饼。

饭桌上给大哥嫂子敬了一杯酒，说："大哥嫂子，让我们把虎子带回湖北吧，让他好好上学念书。"哥嫂愣了一下，半天没回过神。夜里，北房的灯很晚都没熄，哥嫂小声说着话。第二天早起，大哥走到我跟前，郑重地说："妹妹，你们带走虎子吧，孩子就托付给你们了。"他转头看看嫂子，嫂子的眼红肿着，脸不扭过来，嘴里说："俺相信俺妹妹。"

哥嫂的话重千斤。抱着四岁的虎子离开鱼山村的那天早晨，天气很冷，平原上的雾像扯了一块纱幔，遮住了黄河的波涛，还有村里的人家。一床红花小被子将虎子包得严实，他睡得沉沉的，在我们的怀里一直从鱼山到了东阿县城，坐上去泰安的长途客车，孩子都惺惺懂懂的，随着车的摇晃，睡了醒了又睡。直到夜里在泰安的招待所住下，孩子才似乎真正醒过来，他眼神张皇地四下打量，陌生的房间，明晃晃的电灯下，两张床一把椅子，孩子突然咧开嘴就哭了起来："大大！娘——！俺要大大——！俺要娘——！"

鱼山的孩子给爹叫大大，大大和娘是保护神，虎子扯着嗓子号了一夜，怎么哄都不行。第二天上了火车，仍然接着哭，车厢里的人都一个个斜眼看着，只差将我们当作拐卖孩子的人贩子。连着三天，虎子哭得声嘶力竭，我们被他哭得心烦意乱，几度起念想把他送回去，但又不甘心。

为大哥和他的孩子做点什么，是早有的心思。大哥才一岁多时，父亲就南下了，从此再也没怎么管过他，二十世纪五十年代是在忙革命，六十年代"文化大革命"被打倒，一直到一九七九年父亲才走出牛棚，没对大哥尽到责任是父亲心里的一处痛。让大哥的孩子能从小读上书，不要再像大哥那样成为文盲，是我想为大哥也是为父亲做的第一件事，或许算是替父亲一种补偿？说来话长，不管虎子怎样哭个没完，我和大妹咬着牙把他带回了湖北，这孩子很快习惯了南方的生活，成天在他爷爷身旁活蹦乱跳。冬去春来，多年过程难以细说，虎子上学念书长大成人，现在武汉一家企业做事，娶了一个漂亮贤惠的仙桃姑娘，仙桃过去叫沔阳，那地方的人说话像唱歌一样，生下一个女儿小名叫鱼儿，应该是朝着鱼山取的名儿吧。

夏日站在鱼山村头，还是跟往日一样，车刚到大哥就迎出来了，身后跟着身材魁梧的小二，多年前的情景仿佛就在眼前："妹妹呀，你们回来了？"

可是嫂子呢？嫂子没有了。

那个满脸带笑但性子倔强的女人走了，远远地走了，再也见不着她。只是因为与邻里一番龃龉，她觉得受了冤枉，心里的委屈咽不下去！大哥劝她，她也咽不下去，但她想不出法子出这口气，她伤不了别人，她是一个连鸡都不敢杀的女人，她只能伤自己。她舍下丈夫儿子还有孙子，决绝地走了。村里人都说她真是个傻女人，要说她多有福气，儿孙满堂，男人待她也好，不愁吃不愁喝的，为什么就一根筋，想不开呢？人们只能骂她的倔，狠狠地、泪流满面地骂。为她的离去，我从北京赶回鱼山，已是人去屋空，一抔黄土。心里说不出的难过，身材高大的嫂子，笑呵呵的嫂子，心眼儿怎么会这么窄呢？我长在三峡，晓得那山高水险的地方，一个个女子性情刚烈，却没想到山东的女人、我的嫂子也是这般性情，容不下半颗沙子。

人如流水，但黄河依旧，鱼山依旧，无数往事深藏于那些山川里，默默无语。似乎所有的一切都已随风远去，但其实它们都在那里，只要一回头，就都一一浮现。嫂子，你知道我又回来了吗？

黄河大堤显得越发高了，大哥家附近几年前建了一座浮桥，他曾经给我来过电话，问要不要投资，将来可以分红，村里人都是这样去动员亲戚的。我说我只是一个文化人，调北京工作之后，为了买房把所有的积蓄都花光了，还欠了贷款，再说也不懂投资，还是算了吧。大哥也没再多说。但后来回到鱼山，得知当年投资建桥的人果然每年都有分红，不论多少，好歹也算一份活钱。那浮桥用得苦，虽然经过要收费，但来往的大卡车拖着沉重的货物仍是日夜不停地驰过，轰隆隆的，扬起一阵阵黄沙。

村里上点年纪的人大都一副闲适模样，大哥跟他们一样，喜欢无事背着手，从村东走到村西，然后几个老伙伴约着上堤，坐在柳树下一边说话，一边看黄河东流。大哥的二小子全家都住在县城里，让大哥也去城里，但他待两天就跑回来了，就愿意守着鱼山。

这天他接了我的电话，专门把小二从城里叫回来，院子里外打扫得干净。小院几年前早已重新修过，三间土房成了砖房，又建了东西厢房、南房，门楼前也跟鱼山村大多人家一样，竖了影壁，上面画着迎宾松。院里的那棵老枣树枝叶繁茂，只是家里再没有养鸡，夜里也不会飞上去歇着了。树下摆着小方桌，井水里泡了个大西瓜，等我们一进门，小二立马从井里拎起来，切开鲜红的瓜瓤，憨憨地笑着："大姑，快吃。"

大哥说："妹妹，吃完瓜咱就给爹妈上坟去。"我们的父母安歇在村西边，过去有四五里地，每回都是走着去，但这天大哥说："咱坐三轮去。"说着挺自豪，从原来喂马的棚子里推出一辆电动三轮，模样很新，金万福的牌子，说是流行于东阿一带，是他前不久刚添置的。

大哥过去往地里送肥料、收玉米、捡棉花，只能肩膀扛、小车拉，后来好不容易买了一匹马，拴了辆马车，才轻松多了。现在有了这电三轮，从他骄傲的眼神里，这金万福就跟城里人的宝马、奥迪差不多。他把车推到大门口，叫了一声："上吧。"我就一蹽腿上去了，座位是他刚打的一个小马扎，扶着前面的车框，敞亮爽气，不过我还是有些不敢坐。

我怕大哥掌握不好，把我颠到路边的沟里去了，我说："大哥，你还是让小二开吧。"小二长得膀粗腰圆的，在河务段当工人，什么活都干过。大哥有些不太情愿地松了手，唠叨着："你看看你。"

车皮是蓝色的，太阳底下闪闪发光，咔咔地穿过村子里的小道，小二开着车，我和大哥坐在车上，迎面不时走来人，大哥跟他们打过招呼，又扭过脸来告诉我这是谁谁谁。我回鱼山已好多次，村里人好些都脸熟，只是叫不出名字，他们朝我点头，大声说："回来了？"

我说："回来了。"

山东人说这话时，"回"字用的劲大，而我说普通话，"回"字温温的，用不上劲，只能将"了"尾巴音拖长。我的话大哥都能听明白，可大哥说的话，有些我得问了才能弄明白。

再往前走，路上人就稀了，一望无际的平原大地，小麦已经收过，月头种下的玉米，一场雨过后嗖地蹿出了绿苗，迎着风居然可以轻轻地摇动了，就像刚刚满月的孩子，晃动着稚嫩的小手。

我问大哥这些年的收成，大哥说："嘿，麦子玉米，每亩地都能打一千多，每年还套种些豆子、棉花，吃不了用不了，往出卖不少。"又说收获的季节一到，就会有商人们到地头来收购，村里农户大多都跟商户早已签好合同，只要约上日子，将收割的粮食装上车，人家按照合同当场付钱，呼的一下就拉走了，再不必自个儿辛苦地弄回家去。

显然，庄户人种地比原来要轻松得多，到季节也不用下地锄草，撒上除草剂"百草枯"，一窝放一撮，再喷喷农药，地里既生不出虫子，也长不出野草。我一边听着，一边问大哥："这样好吗？"

大哥不假思索地说："都这么用，咱也跟着用呗。"

我琢磨着，虫子、野草原本也是大自然养育出来的，如果它们一个个再也没有活的机会，伴随着生长的其他生物、包括粮食就一定活得那么得意吗？有没有不用这些赶尽杀绝的办法呢？我不是科学家，也不是种田人，走在身边的大哥才是老农，但他也说不出个名堂，我们没法讨论。但想到大哥他们再也不像过去那样辛苦，又有一番释然。我说："大哥，如果能有更聪明的办法，不喷农药，不用化肥，更不要百草枯，让粮食也能丰收，种地的人也不再汗流浃背，该有多好。"大哥说："城里人都这么说，那赶紧把办法想出来呀。眼下施农药化肥的玉米都不好卖了，不值钱。"

是啊，年轻人都不爱种地了，小二和他媳妇好些年前就双双在外打工，先是在附近一家纯净水厂，后来又去了河务段，一直住在县城里，虽然还买不起房子，租了一个两居室，每月六百元的房租，但住得舒服，比在外面大城市打工的人合算多了。二叔、六叔的几个儿子，我的堂哥堂弟们也大都带着孩子离开了村子，真正留在村里种地的小伙子，一个也数不出来了。

今后这些地该谁来种呢？答案在生活里。事实上，鱼山村已经出现土地流转经营，由专业公司种植收割、加工销售。古老的土地悄然发生着变革，工业化、城镇化如平原上流动的风，一阵阵吹过，村庄和土地随风改变着模样。长眠在此的祖先，还有我们的父母，可曾知道？

小二将车停在一排杨树跟前，大哥说："到了。"眼前就是父母的墓，是在一片庄稼地里，往年来时，春季可见一望无际的青青小麦苗，秋天便是密不透风的玉米林，除了坟地，周围的地都是属于别人的，每回都生怕踩了人家的庄稼，小心地从一条窄窄的田坎上走过，但还是免不了踩到地里。但这次来，却惊讶地发现没有了庄稼，只见一棵棵高而直的杨树排列成行，绿油油的树叶，俊朗的树干，活泼泼的。原来大哥孝敬，为了让父母安心，春上将东边他一块好地跟人家这里换了，全种上了杨树，再不会担心扰了别人。

杨树林里，大哥捧出早就备好的香烛纸钱、水果鲜花，小二放了鞭炮，这是鱼山的礼俗，我们给安睡于此的父母叩头，大哥在前我在后，小二随着，大哥给父母说着话，家长里短，问寒问暖，说得周全。他是大哥，他谙熟乡间所有的规矩，在多次回到鱼山的日子里，我已经知道了。

风儿吹过，杨树细语，我们面对石碑静静地站着，大哥和我，他一直在北方，我一直在南方，但我们是兄妹，一根藤上的瓜，面前的石碑刻有我们的姓名，我们有着共同的根。

不爱说话的小二走上前，叫了一声大姑，说："姑啊，俺媳妇今儿也要回鱼山来的，可小石头今天小学毕业典礼，家长都得去……"

小石头是小二的儿子，一眨眼快念初中了。小二腼腆地说："俺小时候没怎么上学，老吃没文化的亏，现在寻思一定要让孩子好好读书。"

我点头，大哥也点头，说："二啊，你跟石头说，不读书的孩子没人喜。"

小二说："嗯。"

离开鱼山时，天色已黑，村子里的人家灯火点点，或许谁家又来了客人，一条狗汪汪地叫，马上又有些狗跟着叫了起来，此起彼伏，声音好生响亮，想必会穿过空旷的田野，传得很远很远的吧。城里的狗是不怎么叫的，即便叫，也被林立的高楼给挡住了。

从夜色中看那小小的鱼山，倒也像是一座楼，只是比城里的楼房多了百倍的傲然。月光勾勒出它的脊梁，嶙峋凸起，一派苍茫，原来已是几万年。

（原载《中国作家》2018 年第 2 期）

10

饿乡记食

◎丁帆

如果你是富翁，那么应该在高兴的时候多吃；反之，你若贫穷，那么就在能吃的时候多吃。

——（古希腊哲学家）第欧根尼

题记：

毋庸置疑，"舌尖上的中国"美食发展到今天已经是一个鼎盛的时代，各路菜系的绝活通过媒体视频爬进了世人们的口腹之中。然而，在中国漫长的农耕文明历史长河中，我们那些生活在乡间最广大的底层农民都在为挣得一份食物而竭尽全力奋斗着，"美食"对其而言，则是一顿果腹的饱餐而已。其实，他们的味蕾应该是比一切美食家和烹饪大师更加灵敏，因为他们没有经历过许许多多的美食熏陶，所以，对所吃到的每一道美味都是特别的刺激和敏感，由强烈的刺激而产生的感官享受虽不能用准确而美妙的语言表达，但这并不妨碍他们对美食的鉴别与判断，可惜历史没有给他们更多品尝更好的美食的机会。我之所以记录这段自己所亲历过的在农耕文明状态下底层"美食"生活，意在保留的是一段饮食文化的历史而已，虽然只是一鳞半爪的实录，但也不乏具有食物历史的"活化石"的作用，透过它们，我们似乎能够望见那个并不遥远的"美食"历程。

1968年秋天，是我们一干少不更事的少年兴高采烈地奔赴那个"九九艳阳天"的苏北水乡宝应县插队落户的"阳光灿烂的日子"，满以为那个满湖荷花、遍地莲藕的浪漫去处，真的是水乡泽国的富足人间天堂，亦如汪曾祺在革命样板戏《沙家浜》中描写的"芦花放，稻谷香，岸柳成行"的丰收情景一样诱人。孰料那困难时期的阴影尚未完全退去的时代，农村每年都仍然在闹饥荒，饥肠辘辘的人民公社社员都在寻觅着充饥的食物。万物复苏、草长莺飞、春光明媚的时节，也正是青黄不接的春荒季节，去年秋后存下的粮食眼看就要一扫殆尽，于是，各家各户都使出了度春荒的绝招。

我在田间劳动时就亲眼看见过这样的觅食场景：有社员偷偷地抹下刚刚灌浆的元麦、大麦或小麦穗大嚼起来，我既惊讶，又鄙视，还可怜。惊讶的是这种几近动物的觅食方法；鄙视的是他们竟然对人民公社的公有财产行偷盗之举；可怜的是这些觅食者肯定是已经到了家中再无果腹之食的地步了。这种难以名状的复杂情绪一直萦绕在我的心头，直到几年之后我与他们被困在冰天雪地的高宝湖中才找到了真正的答案。那种因饥饿而求生的欲望只能让礼义廉耻的道德退位，生存是第一位的，多少年后，当我看到张贤亮、高尔泰、苏叔阳们因饥饿而产生的种种欲望，从而舍弃廉耻的袈裟，贪恋食物的细节描写时，就有了一种强烈的共鸣。那一天只能吃上两顿米汤的饥饿，让人感到的是死亡的恐惧，足以让你撕下一切的道德的面纱，像印度政治家甘地那种没有遭受过饥饿威胁的人才会说出"我为生存，为服务于人而食，有时也为快乐而食，但并不为享受才进食"的虚伪谎言。倒是古罗马哲学家西塞罗的思想还有一点辩证法的意味："你应该为生存而食，不应为食而生存。"但是，当时作为农民的我只相信前一句"为生存而食"的真理。

乡间的午饭往往是各家各户晒饭食的时候，谁家的经济状况如何，在其碗里的饭食中就一目了然。春荒时节，能够灌满一肚子稀粥的人家也算是殷实户了；能够吃上"二抹子粥"（介于饭与粥之间的半干半稀的饭食）就是富裕户了；能够吃上大米饭的人家绝对是"地主"级别的富裕户；而许多人家能喝上一顿大麦麸子稀粥，一把米、一把麸子加上一篮紫花苜蓿熬成的"菜粥"方显出贫困的本色。

知青下乡第一年时均由国家补贴一年的口粮，但必须每月去公社粮管所领取，那都是存放了好几年的中熟米（籼米），既糙又硬，有时还有霉味，煮出来的饭没有一点香味，哪有当时生产队里种出来的农垦57、58香糯可口呢？那一颗颗油光闪亮的软糯大米饭即使不用佐菜就可吃上两大碗，但是各家各户的社员们都争相用上好的新大米兑换我们的糙米，即便有点霉味都在所不辞，后来才知道其中的原委，原来籼米的出饭率高，且抗饿。

夏粮下来了，家家户户的烟囱里冒出了响着饱嗝的坦然而舒心的炊烟，尤其是收割了元麦和大麦以后，饥饿的问题基本解决了，真是"家中有粮，心中不慌"，到了小麦上市后，村庄的活气就更加浓郁了，家家户户都忙着机上几十斤新面粉做各种面食了，考究的人家在机面店里花一两角钱压成整齐的面条，显出了十分的贵族气，当然，多数人家却是用如锹柄粗的擀面杖擀出了长长的手擀面，那时我也学会了手擀面的绝活，加上两个鸡蛋和面，面揉得较硬，下出来的面就筯，有咬劲，大锅下面就是好吃，一锅宽汤沸水，下出来的面清清爽爽。那时能够打上一瓶酱油的殷实人家是极少数的，用酱油和荤油加上蒜花勾汤下面算是吃面的奢侈品了，一般人家在锅里撒上一把小菜秧，淋上几勺新榨的菜籽油，就算是上好的面食了，顿时，黄亮亮的面条让一家人吮吸到了初夏饱餐的幸福，再不济的人家吃面条也得弄一个浇头，新割的头刀韭菜炒鸡蛋当然是最好的浇头了，可是在那个年代谁家舍得拿换油盐火柴日用品的鸡蛋做饕餮面条的浇头呢？然而，让我第一回尝到最可口，也是最简单的下面浇头，却是最不值钱的陈年腌韭菜了，那物只要淋上一点麻油拌入面中，保准让你吃上几大碗面条舍不得丢碗，在饿乡中让你尝尝吃撑了的痛快，那才是真正的痛并快乐着的感觉呢。

春夏之交的饭场逐渐开始热闹起来了，吸溜着面条的人们集中在山头屋檐下，交换着品尝别人家面条的浇头，时不时说一些生产队和邻村的新闻，有一搭没一搭地聊着张家长李家短的闲话。显然，度过了春荒的人们开始甩掉了愁眉苦脸的表情，第一口新麦面让他们有了等待秋天丰收的希望。

夏天是大忙季节，劳动强度是空前的，加上那时候热浪滚滚的"农业学大寨"运动让人忙得焦头烂额。我们生产队是全县的样板队，率先实行了双季稻，也就是加上麦收，一年三季收成的农活大部分都集中在夏天，加上酷热难耐的三伏天，每天十四个小时的高强度的室外作业，从割麦、挑把、打麦、打场、扬麦、晒麦、堆麦秸垛，一直到运粮去粮管所交公粮；同时，重复两遍的插秧种稻到收割的劳作，一直从春天育秧开始忙到十月的秋后晚稻入库才能消停，而最忙的季节就是抢收抢种双季稻的那几个月，在收割完小麦后的田地里耕田、施肥、灌水、耘地、起秧、挑秧、车水、薅草、施肥、治虫、收割、挑把、打场……这周而复始的高强度的工作量，必须要有充分食物的补充，这是人体机器运转必不可少的能源。

无疑，在烈日炎炎的骄阳下劳动，除需要水的补充外，就是食物的供给。当地大忙季节的饮食风俗是一天吃五顿，由于"农业学大寨"需要打夜工，于是又外加了一个"夜顿子"。一天吃六顿，对于今天忙着减肥的人们来说是一个不可思议的事情，但是，在那种繁重的体力劳动中，永远"吃不饱"（后来读到赵树理在《锻炼锻炼》中给女主人公起了一个"吃不饱"的绰号，才真正佩服这位乡土文学大师对那个岁月中农民饥饿状态高度概括的良苦用心）才是那个时代农民们的最基本的生存状态，即便如此，你也找不出一个肥胖的劳动者来，黑瘦才是那个时代农人的标志，这个典型形象再次闯入我的眼帘是在 2010 年的朝鲜农村。

那时天一亮五点多趁早凉就开始上工了，到了上午九点半左右就饥饿难耐了，该是歇晌吃"二顿子"（有的也像城里人那样斯文地称作"早茶"）的时候了，于是，各家各户就有老人和"二大伢子"拎着大瓦盆来到地头，食物大多数都是大麦或元麦麸子稀粥，稍微讲究的人家会添上几块抗饿的元麦或大麦饼子，或是在粥里放上几块碎米面饼，能够摊上几张陈年小麦饼的人家似乎是罕见的，如果再加上两个鸡蛋摊在饼里，那就会让众人瞪直了眼珠。歇晌是各家吃各家的，也没有任何的客气话，一家几个劳力凑在一起吃着凉爽的稀粥，既解渴又充饥，也不失为饿乡中的一道温馨的民俗风景线。倒是那些五保户主和一些单身汉就十分可怜了，他们蜷缩在远远的树荫下，或喝着队里用小梁子送来的大麦茶，或抽着旱烟，那种假装悠闲的表情却难以掩饰他们饥肠辘辘的痛苦。这些单身汉（包括当时的我在内）在大忙季节往往就是在天蒙蒙亮的时候烧上可以管一天的一大锅麸子米饭，饿了就吃，冷也好热也好，泡也好炒也好，能充饥就行，倒也省心，从早吃到晚，省心又省柴，无奈干活的地方离村庄太远，歇晌跑回家是来不及的，只能挨饿，别过脸去，不受食物的诱惑，也免受乡邻们客气话的尴尬和窘迫。

单身汉因为家里没有烧饭的老人和半大伢子，中午现烧饭是绝对来不及的，还没有等你端上饭碗，上工的哨子就吹响了，他们只能采取这样无奈的措施，这就叫作：早上煮一锅，一直吃到鸡上窝。他们只能按时按顿地吃一日三餐，尽量每顿多吃一些，吃饱一些。下午四点钟左右开吃“下午茶”，多数都还是重复“早茶”的内容，当然，富有的人家抑或高兴起来会送来过年存下来的泡馒头干，这馒头干的泡法有咸甜两种，那黄澄澄的菜籽油浸润下的馒头干飘出的香气着实诱人，倘若上面再卧上一只水铺蛋，那简直就是招待天外来客的上品食物了，而甜味的即使没有糖，用糖精做成的也是奢侈的好吃食了。

那时乡间基层干部的最普遍的腐败行为就是晚上偷偷地吃上一个"夜顿子"了，为了把劳累一天的群众支回家睡觉，他们不惜开会研究"农业学大寨"的宏伟大业至深夜，终于等来了那一顿朝思暮想的晚餐，但不是最后的。

晚上脱粒打场有时要加班到夜里十二点钟，如果队长发了善心，会让饲养员大叔大婶熬上一大锅稀粥让大家分享集体的福利。而众人散去后，为了招待开柴油机的技师，队里的几个领导早已吩咐了妇女队长烧了一顿丰盛的夜餐在等待着呢，那时他们把我当成必须照顾的"文化人"，时常拖我一起共进夜餐。其实说是丰盛的夜餐，如今看来已经是十分寒酸的夜餐了，一锅大米饭加上头刀韭菜炒长鱼（那鳝鱼稻田里多的是，只要傍晚把丫子笼放在稻田里，第二天清早去收笼即可），好的是那队里新榨的菜籽油尽放，把那吃油的韭菜和鳝鱼泡得浸髓入骨，就着这样的炒菜下饭，那才是一个饿徒最好的吃食！当然，最后还有一道菜秧蛋花汤用来做爽口的夜餐尾声，这正是一支上好的催眠曲。一弯新月当空，那是一个难忘的美好夜晚，无须"春江花月夜"诗情画意的精神作料，一顿饱餐就足以令人陶醉。

乡下的"美食"大多都是集中在秋后到过年这段幸福的时光之中呈现的。按照中国农耕文明传统的习惯，冬天应该是农闲的时节，除了等待过年，婚丧嫁娶的吃席就是最隆重的美食节了。那个寻觅到一顿酒席就是人生最大乐趣的时代，吃酒席当是最豪华的盛宴了，后来读到古希腊哲学家德谟克利特那一句充满着诙谐的饮食哲理时就大为感动了："一生没有宴饮，就像一条长路没有旅店一样。"

而肚子里无油的农民们最奢华的宴席莫过于吃大膘肉了。当然，娶妻生子也是人生头等大事，吃大酒、闹洞房是年轻人在饥饿年代里放浪形骸的一种浪漫宣泄和欲望的释放，更是人生饕餮的美好时光。当然，办丧事虽然悲恸，却也是含泪饕餮之时。

那时酒宴的最高规格就是所谓的八大碗，当然，头道菜一定是大膘红烧肉了，鱼也是不可少的，好在水乡鱼多，不像有的地区，寓意年年有余的大鱼只是走个过场，大鲤鱼是可以动筷真吃的，尽管大鱼可食，但是人们的筷箸首先就是不约而同地攻克大碗的肥肉，那风卷残云的速度真的就是一眨眼的工夫，一场悄无声息的战斗就戛然而止。但凡掺了肉的菜肴都是首先消灭的目标，全是因为人人的肚子里都是缺油少肉啊。你想想，在那个几块钱就能办一桌酒席的年代，除了肉是奢侈品外，还能做出什么菜肴来呢？什么海鲜山珍，苏北平原地区的农民听都没有听说过，何况还有什么烹调大师烧菜的说法，更是闻所未闻，就连一撮味精放入汤里的鲜味也会使他们啧啧称奇，吃到一勺罐头肉都会半天合不拢嘴，一次吃到我带去的南京特产腊梅牌香肚，他们都大为惊叹：世界上竟然还有这么好吃的东西？换了一种形式的肉类食品，他们竟不知道这就是猪肉做的，他们是与世界隔绝的，并不知道这世界上有着许许多多他们应该去享受的食物，除了大米面粉、鸡鸭鱼肉、各种寻常的蔬菜，他们没有见识过更多食物，包括那林林总总的水果，仰问苍天：是谁剥夺了他们的食物权，以及他们的食物知情权呢？

那时的农村人办酒宴就是几个妇女帮厨操办，口味是不讲究的，荤菜不够蔬菜代，酒也是限量的，一桌两瓶土造子酒，就是那种山芋干酿造的土酒，俗称"瓜干酒"，主家就怕酒量大的客人闹酒，因为酒钱太贵了，好几毛钱一瓶嘞，这让喝酒人往往不能尽兴，于是，这时候的妇女们就上来施展她们待客的绝技了，我甚至怀疑苏北流传的"闹饭"风俗就是起源于避免让客人多吃菜、多喝酒的伎俩,"添饭"的风俗就是女将们手端一碗饭仁立在客人背后,待食客吃完一碗饭后就猛地把准备好了的一碗饭扣在食客的碗里。这表面上看来是一种待客的礼仪,让客人吃饱饭,据我的观察和考证,那时因为没有那么多的好酒好菜待客,为了避免大块吃肉、大碗喝酒的窘迫场面出现,也只能用此法来蒙混客人了。这样的风俗习惯在 20 世纪 80 年代以后就逐渐消逝了,是时代造化了食物,还是人造化了食物呢?

传说我们大队书记娶媳妇的那几桌酒席是请了远近闻名的公社食堂的大厨来做的,其中的一道菜被社员们口口相传了很多年,据生产队的会计回来描述:这道菜叫作冰糖扒蹄,是用猪蹄髈做成的大碗酥肉,那个好吃啊!没有办法形容,就是大块流油的肥肉直往嘴里爬呀爬……说着说着,口水就流了下来。

让人十分奇怪的是,那时里下河水荡地区满是螃蟹和小龙虾,摘泥摘渣时摘到了螃蟹就扔掉,最多带一个回家给孩子当活物玩具。当我们下乡知青开吃螃蟹龙虾时,他们围着看稀奇,说这东西有什么吃头,又没有肉,可想,那个时代因为肚子里没有油,肥肉才是最佳食物,哪儿像如今到处都是餍足了肉类的食客呢。农民的逻辑是最实惠的——这些东西费了半天时间，又不能当饱。在一个饥饿的时代，当饱的食物才是首选的。

泡馒头干

上文已经提及了这一食物，作为待客之"美食"，就像城里人在自家的饼干桶里存放着的各种点心一样珍贵，殷实人家往往在年前和麦收之时蒸上了许多馒头，切成条状晒干后用白布袋储存于干燥之处，多为吊在房梁之上，但凡遇到大事，此乃应急的待客上品，尊贵的客人、相亲的对象和至亲贵客登门，是可以享受这等上宾待遇的。当然，卧一碗糖水鸡蛋（当地的风俗是只能双数，不可单数）待客那是更高的规格，但是一家只能养两只鸡的年代，鸡屁股是每家每户唯一换取油盐酱醋、火柴、煤油等日用品的渠道，一般人家是断不会如此随意奢侈的。而杀只鸡待客，则等于生产队杀牛一样不可理喻，那就是毁掉了一个家庭的"银行"。所以泡上一大碗馒头干，再淋上一勺菜籽油端上桌，这已经算是高规格的待客点心零食了。

这个点心虽然并非是每家每户都常年储备的，但也不是富足人家特有的食物，也有穷困人家能够拿得出这样的点心来，让人大跌眼镜，其原因十分简单，那里有一个"跑年"的风俗习惯，就是过年的时节，穷人家出门去讨饭，当然也有极少数生活还过得去的人家为了多储备一些粮食而出门讨要的，但这毕竟是一件不光彩的事情，其行动都是悄悄地装着走亲戚而诡秘进行的，讨来的当然都是一些糕点年货居多，馒头干都是现成的，但是如果你去这些人家做客，他们泡出的馒头干是与一般人家有着细微不同之处的，显然，其馒头干形状有大有小，刀法也不尽相同，有的是标准的长条，有的是正方形，有的是滚刀。吃到这样的百家馒头干的待客之物，你可能会鄙视，也有可能是同情，也有可能是怜悯。而于我而言，这是那个年代食物留下的历史年轮，是不可以用廉耻的伦理道德加以评判的，因为这是一瓢饥者的"美食"。

碎米面饼

这种食物普遍用于大忙季节的高能量消耗的补充，此物是在把稻子机成大米过程中产生出来的碎米粒，筛下来磨成米粉后，用烫水和就，做成直径寸五左右的扁状米饼，放入稀饭中煮食，作为一种耐饿的食物，农忙季节早晚两顿有此垫底，就有了一天幸福抗饿的底气了，这也算是农家饭桌上的一道亮丽的饭食风景线了，虽是主食的添加物，却也受到那个时代人们的追捧。当然，倘若是糯稻的碎米面饼，其受欢迎的程度就另当别论了，不过，用油煎这样的碎米面饼当然会很好吃，尤其是糯米面饼，可是油在哪里呢？那个时代"菜油贵如金"。

糯米圆子

这是过年过节的奢侈食物，由于糯稻产量低，各个生产队都是限量种植，除了有统购统销的任务，鲜有人在自家的自留地里种糯稻的，所以糯米才金贵。倘若哪家平日能够吃上糯米做成的美食，一定是干部人家，抑或是家中有在外吃皇粮的国家干部或工人阶级。在那个时代，吃这样的食物是不会在人群聚集的饭场上和众目睽睽的大庭广众之下公开食用的，那无异于显摆露富，是忌讳的。其实，这种如今最最普通的食物在超市的冰柜里比比皆是，除嗜好糯食者外，问津者寡。而在那个时代，糯食却是过年过节和家有贵客时的上品食物，除了糯米饼的做法（或如做成上述碎米面饼下在稀饭锅里，或用油煎后再以糖水烹制，显然后一种是好吃法，代价却高，一般人家鲜有这样的做法），那就是做成标准的糯米团子。

这糯米团子也是有讲究的，主要是看包什么样的馅心了：上等的是糖心馅，这糖心馅也是分三六九等的，上等的是芝麻、板油丁加白砂糖馅的，这样考究的人家极其罕见；次等的是青菜猪肉馅的（我一直都很奇怪，农村的田埂路边满地皆有野荠菜，他们从来都不把这作为饭桌上的菜看，就如那湖面一望无际的野芦蒿一样，只能作为绿肥来处理，这恐怕就是风俗观念所致吧，野菜似乎是一种低级食物的耻辱标志），其油多油少也是一种标准；中等的就是红糖加上荤油；再次一等的就是青菜馅和萝卜丝馅的，也分荤油和菜籽油两种，显然前者为上了；最下等的就是空心汤团了，这样的圆子显然比有馅的圆子要小，因为实心的汤团做大了不易煮透，即使如此，吃一顿"空心汤团"也是比较奢华的美食了。

慈姑

　　慈姑是宝应水乡特产，有一次和北方朋友在一起吃饭，其中有一道菜就是慈姑烧肉，北人不识慈姑，竟问及此物是否长在树上，那个长长的尖芽是否可食，可见此物并不是举国皆知的食材。那个时代，慈姑是里下河低洼水田里生长的植物，作为生产队唯一的副业，它往往是销往盐城地区供销部门的抢手货。你说它是蔬菜也行，因为它常常被视为厨房里的配料和辅菜放在案板上；你说它是粮食吧，也不为过，因为那时的农民是拿它来当粮食的代偿品享用的，和山芋一样，它的淀粉含量高，用方言形容就是"面秋秋的"，是可以当饭来充饥的。

　　在那个饥荒的年代，慈姑的做法是各种各样的：首选的当数高档的慈姑烧肉了。注意！这与肉烧慈姑是有区别的，前者是乡下人一年到头难得吃上一回肉的做法，肉少慈姑多，除了过年，偶尔能够吃上一顿肉的机会就是谁家的猪得了"二号病（霍乱）"死后，大家在一起"打平伙"饕餮一顿，其烧法是多放慈姑，以慈姑充肉，填饱肚皮，否则光烧肉或少放慈姑，则会引来风卷残云、瞬间盆底朝天的结局，还没有尝到肉味，一场吃肉的大餐就终结了；后者是城里人的富有做法，肉多慈姑少，食者之意不在肉，是把浓浓的肉汁汤卤深深地沁入慈姑的骨髓之中，人家吃的是慈姑，而非那五花肉也。可见不同时空文化语境里的人，对待食物的需求是截然不同的选择。

除了慈姑烧肉外，那个时代乡间做慈姑最家常、最普遍的烧法就是将它与青菜一起烧，与其说是烧，还不如说是烀，因为那个时代是缺油的年代，一锅青菜只能用筷子伸进油瓶中涮下几滴油入锅的人家不在少数，那个烀出来的青菜烧慈姑能好吃吗？乡下人有句谚语：油多不坏菜。好吃的菜一定要油多。可是去哪里寻找食油呢？只有等到油菜籽上场后，人们才舍得多放一点油，品尝菜籽油入口的幸福。那么，用慈姑片炒胡萝卜、炒黄瓜、炒韭菜……无油都是不好吃的，说实话，一度我吃腻了此物，见了慈姑就会泛酸水。但是，有一位民国时期曾经在南京蹬过三轮车的农民美食者教给我一个做慈姑菜的诀窍，果然屡试不爽：买两块豆腐（每天清晨，卖豆腐的吆喝声都使我想起茅盾在流亡日本时期写的那篇《卖豆腐的哨子》的散文，在乡间，那却是一声具有诗意的"欸乃一声"的美食召唤）切成五六分见方、厚度两分左右的薄块备用，然后将慈姑在案板上生拍成炸裂的扁状，用葱和少许油（当然油多更佳，无奈那时油太金贵）将慈姑煸炒一下，放入沸水煮开后，只见汤色呈奶白色，倒入焯去黄浆水的豆腐，入盐后一滚即可食用了，我放了少许带下乡的味精，立马就成为那个舌尖上缺少美味的时期一道亮丽的汤肴，取名为"赛鸡汤"。我想，在如今美食遍野的都市里，我们吃过咸菜慈姑老鸭汤、慈姑排骨汤、慈姑鱼汤、慈姑鸡汤……但是，我们也许再也寻觅不到这样做法的慈姑汤了，食在民间的简单绝技随着饥馑的消失和时代美食的发展，也就飘逝而去，不知所踪了。

莲藕

直到今天，莲藕这种水生植物仍然是宝应被称作天下第一食材出产大县的宣传商标，尤其是宝应的藕粉名满天下。我不是这一方面的专家，不知道这莲藕优劣的评价指标是什么，但那时生活在水乡之中，并没有觉得它是一个有什么了不起的东西，平时撅（当地方言读成 quē，动词）上一节，在河水里洗洗就啃起来，权当水果吃了。作为炒菜的食材，都是切片或切丝配以大椒或韭菜炒制，是下饭的菜，当然，少油就寡味了，但比其他菜而言，少油尚不是太难吃的。此物也是可以当饭来吃的，记得小时候在南京街头，尤其在夫子庙秦淮河边的马路上，都有挑着大铜锅担子，一边烧煮，一面叫卖糖粥藕的小贩，那泛着浅枣红色的黏稠稀粥中埋着一块块煮透了的藕段，一口咬下去，软糯清香中甜腻的口感，让人觉得这是粥中的上好小吃，那一口咬断的莲藕拉出了长长的细丝，仿佛是剪不断的情丝，诱你屡次回到它的身边。然而，这么美好的记忆却在那个饥饿时代被粉碎了，当莲藕作为一种粮食的代用品每顿都让你吃的时候，你纵有万般的厨艺，也不能改变你对它的厌食情绪，况且在一个少油而无各种各样烹饪调料的环境中，不管你用烧、煮、蒸、炖、炒、熘、煎、炸（哦，那时候乡下是没有炸的条件的，谁能用那么多的油去炸食物呢，除非他疯了）哪种手艺去做它，都未必能够吊起你的胃口。只听说宝应城里有一个饭店的厨师身怀绝技，可做一道送进宫里去的名菜，那就是传说中的"捶藕"，据说这一道菜需要几十道程序，特点是糯软甜香，可呈拉丝状，乡下人说这是掌嘴都不丢的美食，可怜大家都是在故事传说中饱餐了"宝应捶藕"的，可惜我多次去宝应城里都没有觅到这道天下名菜。倒是十年前，南京马台街上开了一家"宝应饭店"，循迹而去，立马叩问有无"宝应捶藕"，被告知大厨回家了，这道菜上不了，于是便怏怏而去，再后来，这家店铺关张了，是因为没有了这道名菜的缘故呢，还是这所谓的"宝应捶藕"根本就不入现代都市人的法眼？于是，"宝应捶藕"这道名菜就永远留在了我的记忆中，停在了我舌尖味蕾的幻觉之中了。

芦蒿与蒲菜

下面我要说的也是宝应水乡的两种特产，但是，在那个年代里，当地的农民从来就没有将它们列为餐桌上的菜肴，就因为它们是野菜，所以不可入席，即便是在春荒的时候，也没见过谁家进食这样的野味，叩问一部中国烹饪史，甚至鲜有记载蒲菜的制作法，这其中的奥秘究竟是在何处呢？

"竹外桃花三两枝，春江水暖鸭先知。蒌蒿满地芦芽短，正是河豚欲上时。"苏东坡的这首《惠崇春江晚景》诗让千百万的食客只追寻那鲜美的河豚去了，上千年来根本就忽略了芦蒿的存在，究其缘由，皆因历朝历代最多接触此物的农民视其为水边的野草，"我辈岂是蓬蒿人"中的蓬蒿指的就是芦蒿，此物如果没有肉或大量的油进行烹制，是无法下咽的食物，大约古代只有达官贵人才能在春天去享用这样的野味吧，但我无有考稽。到了近代，南京人却将它作为春天吃"野八鲜"的首选，这种风俗的形成在20世纪80年代使其成了大规模人工养殖的蔬菜，传到了中国大地的各个角落，甚至海外的超市中，但是它早已失去了原来的野味，连色泽都不一样了。蒌蒿，又名芦蒿或水蒿，是一种传统时令必食的野菜，主要分布在长江流域中下游地区。我下乡插队的20世纪60年代末期，与农民一起去河西砍草，就是去高宝湖割这些湖边的野草，那一船船运回生产队的芦蒿，草叶已经开始腐烂，而其茎却很挺拔，泛出紫红色的光泽，那才是真正的野芦蒿呢。我尽情地采摘那微微弯曲的嫩茎头，农民们十分惊讶，说这个东西怎么能吃呀。殊不知，倘若以此炒肉丝（咸肉丝更佳），多放油，无须添加任何辅料与作料，便是下饭的菜肴。如今大棚里出来的芦蒿，菜馆里炒制时添加什么香干、臭干或葱姜之物，纯粹是因为人工养殖的芦蒿已经寡淡无味了，如果是野芦蒿，加上这些辅料就会串味。野芦蒿其味之狂野，在齿舌之间形成的多层次的回味，绕舌三日，耐人长久留恋，那绝对是下饭和下酒的绝配菜肴。

那个时候我突发奇想，如果将这一船船的芦蒿运到南京城里去卖的话，那挣来的钱肯定能够抵得上大家在田里劳作一年的收入了，但是谁敢去做这种挖社会主义墙脚的投机倒把营生呢？眼看着一船船的蒌蒿草当作绿肥与河泥一起搅拌在人工挖出的大坑中化为一塘臭粪，心中不觉一恸。从此，我明白了一个最朴素的道理：人对食物的欲望和渴求一定是与其生活的条件相对应的。那满地的蒌蒿只有在改革开放后才能顺着肉和油爬进寻常百姓的口腹之中。

如今的蒲菜也进入寻常百姓家了，上汤蒲菜的确十分爽口，配以咸鸭蛋和皮蛋用高汤烹制，清淡滑嫩，吃时有一种雅趣。当然用它来做淮安软兜的辅料一起烹炒，也是一种荤素混搭的绝配菜肴，双滑入口，两种咬劲，一种是嫩滑中有脆，一种是嫩滑中有弹，是一道乡土的创新名菜。

在20世纪的六七十年代，还真未见有人吃过这种野菜，即便是如今吃蒲菜的发源地淮安，也没有吃这种美食的风俗习惯，我反反复复考虑过这个问题，为什么这么好的菜肴就不能进入寻常百姓家的餐桌上呢？是人们的智力不够，还是其农耕文明的风俗习惯所致？显然，是因为缺肉少油的生活环境限制了人们的想象力，不是厨师想不到，而是温饱的基本问题都无法解决，何以奢谈开发新的菜谱呢。

我插队的水荡地区的北面就紧挨着淮安的张桥和车桥，而那里的水面远不及我们这里浩荡。宝应水乡地区的副业只有四种：一是编蒲包，二是织芦席，三是编芦帘，四是织柳筐。这些编织物皆是送到公社供销社的收购站，他们以极低的价格收购，农民的赚头甚微，因此都是自用为主。这其中编蒲包的原材料就是蒲菜的嫩芽，与南京人春季常吃的茭儿菜口感相似，却根本就不是一回事。以此为食物和菜肴，是农民没有想到的，即便是远离其生长水域的城里人都不可能想到的食材，焉能进入厨房呢？即使是美食家的汪曾祺，对家乡一带的野菜描写也鲜有提及蒲菜，因为这个菜肴的开发是在改革开放的多少年以后了。

这是人们的悲哀，还是那个时代的悲哀呢？

（原载《美文》2020 年第 2 期）

11

作为故乡的南太行

◎杨献平

一、两起车祸

从林哥死了！七天前，另一个外乡人也死了，两人在同一个地方！听到这个消息，我脑袋轰隆作响，一股寒意旋即袭身。此前一个月，我还在老家，和从林等堂兄弟们一起吃饭喝酒，眨眼之间，他却转身没了。

在民间传统中，七天的"七"，是颇有些意味的，诸如"头七""七灾""空七""冲七""烧七""犯七"等等，其中包含甚至充斥的，尽是死亡和惊悚。

真正能够震撼与打倒人的，从来只有自己人和来自身边的某种事情。一个五十多岁的男人，早年当过三年兵，复员后娶妻生子，日子再难过，即便孩子大人破衣烂衫，也绝不会出去打工挣钱、做小买卖，或者以退伍军人身份到各级政府要抚恤过日子。他母亲还在世时，他经常去蹭饭，其母过世，新农村建设，他承担了全村的垃圾清理运输。这才不过三四年时间，谁知道，却在初冬的一个早晨，由于三轮车失控，撞在墙壁上。他肋骨折断之后，插入肺中，到医院抢救无果，刚回到村子，就咽下了最后一口气。

在我们村几百年的历史上，也只有他和另外一个堂哥死于车祸。

当代文明的一个显著特点便是，机器和各种智能工具逐渐代替并且垄断了人的本能和技能，机车便是其中最典型的。工具助人，再返回来限制人和削弱人，甚至对人进行某种意义的"反动"与"无形切割"，这是必然的事情，也将是人类面对的又一个强大的课题。

因为从林哥及那位外乡人在我们村外的死，我心情灰暗，一整天都在被一种黏稠而腐朽的气息所笼罩，几乎喘不过气来。我忽然想起，前几年，一个堂哥曾无意中对我说，我们这一脉杨姓人家的族谱，就在从林哥手中。

从林哥也姓杨，两百年前，我们还是一家人。

中国的家族，向来是先整体而后逐渐分散开来的。其中除了姓氏和地域外，还有一根看不见的血线，将彼此相连。尽管，因为战乱、灾祸等原因，有一部分人会远走他乡，有一部分人坚守原地，或者再从外地迁徙回来。时间于万物的作用，显然是巨大且又幽邃无比的，它在不断地稀释和收集生死。

血缘变淡之后，即便曾经的同胞兄弟姐妹，也会陌生、疏远起来，而且会时常因为某些资源和利益，甚至鸡毛蒜皮的小事相互攻讦、伤害，进而滋生出诸多的怨气和仇恨，以至于你死我活，势不两立者有之，老死不相往来、背后捉弄与作践、戕害的也不在少数。

这是人间奇观之一，也是人性幽暗与人心不定的根本所在。

二、血缘意义上的合作与"开枝散叶"

前些年，我曾找到从林哥，拐弯抹角地说起家谱。他浓眉大眼，说话瓮声瓮气，嘴角间或有口水流出来。可无论我怎么说，他都说，没见到，不知道。我无奈，也想不通，我觉得家谱应当为族人共享才是，自己留着毫无用处，只能在时间中越来越陈旧。现在的年轻人也都对家谱没有兴趣。他们关心的，是如何多挣钱，最好暴富，如何把自己家的日子过在别人前头，最好是方圆几十里内独一家。

幼时，常听爷爷说，我们这脉杨姓人家，包括沙河西部丘陵及太行山区的诸多村落里的人们，是明朝年间逐渐从山西洪洞一带迁徙而来的。爷爷还说，在我们与山西左权县分界的摩天岭上，长有一棵大槐树，一边遮蔽了大半个河北，一边笼罩山西，因此，我们都自称为"大槐树下的人"；民间还有身体行为用来佐证说："走起路来背抄手，小拇指甲是两个。"

关于这一段历史，《明史·太祖本纪·成祖本纪·食货志》等记载，明朝年间移民的目的，一是充实北平及其周边，二是将江浙一带的部分富商迁徙至京都，三是将山西长治、榆中一带的人充斥到河北北部、中部和南部及北京等地。其中有流民、犯官、殷实人家与富家商贾以及赤贫之民等。其中，以赤贫之民人数为最多。

2012 年 2 月 16 日河北新闻网的一则《沙河一退休教师修家谱印证明朝移民史》报道说，沙河退休教师任广民所持家谱有"吾任氏住山西洪洞，自大明永乐年间（1403—1424 年）奉诏迁内地古温州河（沙河）南岸下解。而此处民稀地荒，平野之间无非蓬蒿萋萋、荆棘森森、一望漫漫、寒烟而已。吾始祖讳泰身居此村，房屋尽坏，存身危难，唯营穴而居。于是开荒野以种五谷，辟荆棘以植良木。数年之间，衣食继日，良木胜用。经营房屋以居身，造书舍以聘士儒。设教子孙，讲明人伦"之记载，与今人冀彤军在明、清《沙河县志》基础上修撰而成的《沙河市志》中"明洪武至永乐年间，朝廷多次下诏从山西向直隶等地迁民，有不少人从山西中南部的榆次、平定、太谷、洪洞、沁州、潞安、辽州等地迁至沙河县。永乐以后，仍有迁入者。据不完全统计，沙河县有近一半的村庄由迁民所建"的记述吻合。

从任广民家谱记载中可以看出，他们这一脉任氏家族，是

"奉诏"从山西洪洞县迁徙而来的。而沙河以西，渡口镇以西的太行山区地带的民众，多由明朝永乐年间的流民和赤贫之民组成。其中，渡口镇王瑙村的先祖明确为明时押送皇纲途中遭到土匪哄抢，无法交差，便带着一干兵众和家人落草于此，筑城堡为防兵寇，俨然一座军事设施，至今为当地一大奇观和独具特色的古村落。

除此之外的村子，大抵是贫民和流民所建造的。一如我们村子。爷爷说，我们这一脉杨家的先祖，起初只有弟兄三人，从山西洪洞，一路流徙。翻过摩天岭，亡命向东，至今武安市和沙河市交界的西部山区，见此地太阳充足，草木葳蕤，土质和整体环境尚好——古老的中国，土地肯定是人们选择建村立宅，以为百年大计的首选。这兄弟三人，便在尚无他人居住的一道山坳里伐木为棚，采石建屋，尔后又不断地在河沟边、平坦处开垦田地，如此数年之后，从前狐狸、黄鼠狼、蝎子、蚰蜒、野兔、野鸡横行的野地，便被一缕缕人间烟火所笼罩和替代。

如我们村。

"大爷爷名讳杨天啸，二爷爷杨怀玉，三爷爷……"这是爷爷告诉我的，而三祖爷爷的名讳，爷爷却想不起来了。那时候，

我躺在他的身边，脑子里一直映现着这样一副模糊的景象：三个男人，或许还有一到两个女人，也或许带着几个十来岁的男孩女孩。衣衫褴褛的他们，先是在黄土弥漫的道路上蓬头垢面，步履蹒跚。男人们胡子拉碴，目光坚定而又充满了悲伤与迷茫，女人和孩子们则皮包骨头，拄着拐杖还在不断打摆子。一阵风刮过来，他们当中没人背身躲避，甚至张开嘴巴，希望那些细腻的灰尘能够尽入口中，用以充饥。这种悲惨的遭遇，在王朝历史上屡屡出现。农耕时代的人，衣食不仅是维持生命、保持尊严的保障，且还是许多人毕生为之辛苦的唯一目标。

斯时，可能是夏天，蹒跚到摩天岭脚下——即今山西左权县拐儿镇大南庄村和水泉村——的时候，饥饿使得他们感到绝望，人生的一切都变得惨淡。山上有草，尽管已经被很多人挖过了，草根也变得稀缺，树皮亦然。可山上总是可以找到可以抵抗饥饿的吃食，如观音土，别人啃剩下的榆树皮、洋槐树叶子等。这一夜，天幕浩荡，群星毕集，与之相对的人间，却是如此的荒寒与悲凉。第二天继续行路。他们此行的目的，是找一个安身立命的地方，土地不需要太多，能够安身立命、繁衍生存就行了。行至河北沙河市西部山顶，放眼望去，山川苍茫无尽，向东逶迤。斯

时，这里已经有人落户，也都是和他们一样的人家。弟兄三个商议了一番，便在另一处山坳寻到了一块地方，作为自己的新家。

但在荒野建村，并不像加入某个村子那么简便，不仅要满足现实的要求，还得为子孙后代考虑。我们村所在的地方，为一小山坳，向上有几处平坦之地，至顶部，有一断崖朝北的方向，靠村子处，则为陡坡，一直向下，直通村庄。两边都有山岭，其中还有两个更小的山岭，下面是河沟，水流不断，对面是从后山绵延奔纵而来的小山包，其低处，土质松软且肥厚，自然条件是可以满足的。别说三家人，再有百十来人家也可以满足。

创业总是艰难，好在，周边有比他们更早来这里扎根的人家，借个家具之类的，也比较容易，天长日久，相互间也熟悉了起来，起房盖屋时候，也都相互帮忙。互助是人类在生存路上最符合人性的法则，也是人之所以群居的优势所在。如此几年后，村庄成形，并与周边同类的村庄形成了相互依傍的关系。

儿女大了，婚配开始，由此开始新一轮繁衍。再后来，老人老了、死了，找了一块地方作为坟地，一代代的人生下来，又一个个死去。天长日久，村庄与坟茔遥遥相望、互不干涉，但又血肉相连、魂魄相牵。每年的春节、元宵节、中秋节、十月初一，活着的人在地面的村庄享受各种吃食，以及吃得饱穿得暖带来的快乐，死去的人也会收到子孙后代为他们烧去的纸钱、衣服和酒水干果等。

这也是一种合作，或者说"血缘上的合作"，人之所以不断繁衍，其最重要的是为自己"留个后"，这是中国人的共识，也是数千年来，人类之所以绵延不绝，我们的传统文化一脉相承且能够感染其他习俗人们的根本原因。

所谓的文化，人才是最根本的载体。与之相对的，则是人群的矛盾。在一起久了，肯定会有矛盾，而农民之间最根本的矛盾，无非是土地以及村庄资源的分配，不公源于权力的专享，资源的匮乏也一再激发人们将之据为己有的野心和雄心。

任何一个村庄都是一个严丝合缝的社会，完整且充满了各种性质和功能。尤其是当血缘越来越淡，最初的三个亲兄弟的子嗣，再过五代之后，原来一个蔓子上的瓜，也开始形态各异、各怀心态。由此带来的矛盾和斗争无时无刻不在发生。

三、人性的首要法则

其他村子的情况也大致如是。

数十年间，这一片山地，逐渐形成了杨姓的安子沟、刘姓的西沟、张姓的砾岩、曹姓的杏树洼与砾岩坪、付姓的罗圈、郭姓的南垴、白姓的和尚沟等自然村。由此向东，一路下坡，村庄也逐渐增多，再后来，十里外的蝉房村设立了乡政府、学校、银行等行政部门和社会设施。

血缘之外，人和人的联结，大抵是通过婚配方式而形成的，这是血缘之外最有效也最容易形成利益共同体的"策略"。千百年来，人们通过这种方式，获得了人口的增长，也使得自己在某个地域性的社会中获得了相应的"位置"。

"存在""存在感"是两个经世通用的形而上的词汇，民间很多人虽然不懂，但每天都在进行。无论采取怎样的生存策略和姿态，其目的都是要在一方人群中得到某种程度上的"认同感"，获得相应的尊严，并且以此拥有基本的社会地位和生活的物质、精神保障。

每年冬天，是婚配嫁娶最多的时节。这可能与冬季寒冷，吃食不容易腐坏，人们也相对比较闲散有关。通常，一家人的儿子长到十八岁（新中国成立前大都是十二三岁），倘若上学成绩不行，考大学、进政府部门无望，其父母便开始为他物色媳妇。一番盘算，再对周边的各个村庄的适龄女子"检索"一遍，自以为合适的，便请人去"探口"，意思是先以玩笑或者闲聊的方式，打探一下女方父母对自己家境和儿子的看法，以及对人家女儿要找怎样的婆家、进一步发展等方面持什么样的意见和态度，觉得差不多，则请熟人或者媒人去提亲，觉得实在没有希望的，趁早改弦更张。

这件事情，成功、失败都难以预料，有的一次就成了，有的三五次不见效果。实在不行了，只好再找另外一家的适龄闺女。就此，南太行乡间有句俗话说："谁门上的钟不让敲呢？"意思是，只要你家有大闺女，还没婆家，谁去提亲都是正当的。

可事实并非如此，人类的阶级性可能是先天性的。在乡村，尤其讲究门当户对。一个家徒四壁的人家，要想娶乡长的女儿，或者把自己的女儿嫁入乡长家，除非这孩子有"成大事"的明确前途，也或许，这女子长成了本乡间百年不遇的大美人。一般情况下是绝对不会出现穷小子逆袭或穷闺女上位的奇迹的。

"功利"和"功利性的考量"是人群间最为普遍的规则，谁也不会无缘无故地去跳入火坑，也没有哪个人愿意把自己的"劳动所得"或"泼天富贵"毫无条件地与他人进行分享。这是一个基本的人性原则，如卢梭所说："人性的首要法则，是对自己的关怀。"乡人们深谙此理，自认不如的人家绝对不会去招惹自己"够不到"的人家。"高高在上"的家庭也绝不会主动把绣球抛给那些本来就想"借势上位""一步登天"的人家。如此一套规则，一旦认真地分析起来，也"细思极恐"。

举例：1.1992 年，一失去父母的小伙子，独自经营其父留下的代销店，说话办事，算账买卖，精通而又得当，一时为乡人所喜欢。后被做教师的一家看中，招为女婿。翌年，小伙子欲再接再厉，赚更多的钱。殊不料，却亏本。再弥补，又失算，终欠银行十多万。再一年，教师家提出退婚，并火速办理。小伙子从之。2. 某女，其父母皆为商品粮人家，扬言非同类者不要登门提亲。不久，有与之条件同等者上门。不久，婚成。一年后，此女负气回到娘家，逾半年未归。其夫和夫家人等无一人来叫。随后男方提出离婚，理由是，此女在婆家骄横无礼，凡事不知谦让，夫家不可忍。3. 某男女，婚成三年，有子一个。某春天，日上三竿还不见其夫妻出门，爹娘疑之，叩门无人应，拆而进入，见二人已暴毙，饮农药故。原因简单至极，两人因为欠的彩礼钱生闷气，相互骂了几句，皆怒，而后赌气比着喝农药一死了之。4. 某男娶一女，时常家暴之，女返回娘家。夫提刀至丈母娘家，挥舞曰，你女不和我过日子，必杀汝全家！丈母娘家惧之，迅速将闺女送回婆家。翌日一大早，公婆破嗓号啕，声震四野。警车呼啸而至。人才知，其女趁夫熟睡，持菜刀砍其脖颈。一死一无期。

5. 也是某年春，撒谷点种之时节，人皆入田。斯时，春阳热烈，催人流汗。忽有人大喊说，山顶起火乎？众人望，只见一人，在火焰中婉转扭曲，状极惨烈。事后得知，乃某新婚村妇也，其不从父母之命，但父母强令之嫁。婚后两个月，自焚于山冈。

　　婚姻的本初目的只有一个，即繁衍生存，壮大家族，但在社会现实中，其衍生的种种故事、事件、结果等，却令人意想不到。本文起初说到的从林哥，不仅他本人是一个有个性的人，且其儿子也很有意思。当兵回来后，经人介绍，娶三十里外一美貌女为妻。婚后才发现，女为精神病。几经努力，才又离掉，又找了一个。关于从林哥的精神病儿媳，我也见过两三次。有一次，我陪母亲去地里收庄稼，从他家门口路过，只见一明眸皓齿的女子，对我和我母亲说话，而且言辞清楚，看不出任何问题。后来听人说，此女时而清醒时而犯病，反复无常，从林哥一家也多方寻医问药，但均无良方。绝望之余，为香火计，只能离婚再娶。

一旦涉及自己的利益，人的仁慈和善良都会变得非常有限度。这不是谴责什么，本性的东西，始终在强大地控制着每一个人。再例：1.邻村一对夫妻，育有一子一女，人过四十。其夫为煤矿工人，忽一日，在井下被石头砸中，其腰、腿皆留下残疾。在此之前，村人流传，其妻与邻村某人私通。再一年后农历五月某日，麦收时节，其夫去为丈母娘收麦子，当晚，吃饭后即哀号不已，声震全村，但无人前来打问。凌晨时分，农药味道弥漫。至中午，其妻并其子女前来收殓之后，即刻下葬。2.某日下午，吵闹声起，细听，乃一少妇与一寡居老男之间相互攻讦。脏言污语，不忍卒听。事后，人云，此二人早有私情。女夫常年在外，回来后有风言风语刮进耳朵之后，质问其妻。其妻当场发飙，并将传言之"男主角"当场谩骂一通，以证清白。3.某夏一日午夜，月光皎洁。一男坐在马路边上乘凉。对面为一人家。斯时，万籁俱寂，只听该户人家门吱呀而响，只见一女白皙裸身，摇着两只

197

乳房从正屋奔出，又进侧房。许久，方原样返回。此男乃其邻居，知当晚一外村开车以玉米换面者客宿其家。

谋利而以色，谋命背后，也深藏着人性之巨恶。色色或者色财交易之后，双方为的都是维护其核心利益。婚姻和性，在乡村的过去和现在是复杂而又多彩的。通过婚姻而编制形成的关系一方面构成了家族式的利益链条，另一方面，在婚姻之外也有着一个无形的人和人的联结方式。这种方式的长期存在，最大限度地保持了乡村的活力与乡村社会的可持续性，但也有着各种各样的微妙与复杂。在以婚姻为主要形式的利益群体形成与分化的同时，婚姻，特别是两性关系的复杂多变（如民谚所说"夫妻本是同林鸟，大难临头各自飞""家贼难防""世上最好的是老婆汉子，最坏的也是老婆汉子""再好的女婿和儿媳，也都是'外人'"等），也使得这种关系既充满了现实生活及其所有意义上的"延展"与"笼络"的扩张性，也暗藏着诸多司空见惯与匪夷所思的诸多不确定。

四、人心从来都是不可靠的

南太行乡村人有一个普遍的特点，即，即便是自家兄弟姐妹打闹得不可开交，分别"见了红""留下疤痕"，相互间几十年不来往，可一旦无血缘关系的人与其中一人有过节，这些"内部敌人"会迅速团结起来，一致对外，这也是村人所说的"砸断骨头连着筋"，血缘的力量于此得到充分体现。

举例：1. 近村亲弟兄三个，因为房基地和分财产，而打成了一锅粥。三方身体上互有损伤。忽一日，某人要在其中一家的田地上修房建屋，昔日见面就破口大骂的亲兄弟三个及其婆娘齐上阵，去和另外一家大吵大闹。更甚者，在家族争斗中被薅掉一大把头发的大儿媳妇一声号啕，两条瘦腿如受伤的狗，三步两步至房基地，直接坐在铲车之下，捍卫其兄弟权益。另外一家只好暂时作罢。2. 一对夫妇一生养了五个儿子，丈夫去世后，母亲也丧失了劳动能力，先去投靠老大，老大推给老二，老二又推给老三，老三照葫芦画瓢，给老四，老四亦然。其母绝望，只好一人至市区，以捡垃圾为生。3. 一男，嗜酒如命。去世之后，多人劝请其父近前一看（南太行规矩），其父俨然拒绝。4. 一男，兄弟四五，对其母孝顺，然其妻却阻止，每见，必高骂其婆婆为他们创造的财产少了，也给他们少了。其夫有孝顺婆婆的行为，回家即破口大骂，甚至闹离婚。其夫只能忍气吞声，趁其妻不注意，去看望一下自己的亲生母亲。5. 一老妪，夜半至另一户人家墙后偷听人家兄弟们议事，出来解手的一人看到，佯装不知，用棍子打了她几下。此老妪连夜至二十里外的三闺女家，又到二十里外的独生儿子家，黎明时分，又躺在自家炕上，等待派出所来处理。

"太阳底下没有新鲜事"其实与"存在就是合理的"异曲同工。人类在很多时候的经验和认知太过雷同，只不过表述的方式有所区别或者大同小异罢了。从上面的例子当中可以看出，人性的幽邃与复杂绝不是一成不变的，也不是普遍性的，而是各有其角度、意味与深度。就拿从林哥来说，他肯定不是一个完人，但是一个实在人。

我小时，有一年天旱，村里水少，水池也少，只能轮着浇水。烈日炎炎，草木焦枯，好不容易要轮到我们家了，从林哥却一下子改了方向，把渠水引向了另一个人家的田里。我母亲找他理论，他也张牙舞爪。我蓦然出现，朝他丢了一块石头，再大吼一声，他惊了一下，看到我，口气立马软了。这并不是翻旧账，而是在证实鲁迅的一句话，即"弱者愤怒了，只能抽刀向更弱者"。这不仅是国民性，也是人性的暗黑点之一。

人心从来都是不可靠的，哪怕是父子、兄弟、姐妹，甚至爷孙，"亲兄弟，明算账"这句话是有其哲学基础和世俗功效的。一般而言，一母所生的兄弟们，一旦另外成立了家庭，便"谁过谁的日子"了，小时候可以在钱财上你我不分，多了少了无所谓，可兄弟们各自有了自己的媳妇孩子之后，"锱铢必较""毫厘必究"被认为是理所应当，且常会被夸赞，甚至作为这一方面的典范。我们的南太行乡村如此，想必更多的乡村乃至城市也是如此。由此，我想到，人都是有来处和出处的，可在严酷的现实生活当中，人承认这个共同源流，但不会顾及，甚至形成了种种性质的"竞争"甚至掠夺、伤害等关系。

人类是由一个个人组成的。人这个命题很小，但又无比浩瀚。是个体的，也是整体的。从这个意义上说，建立家谱以及后来的寻找、续写家谱，只能是精神文化层面上的一种行为，是想使自己来处更为清晰，也使后代能够记住先祖的名讳。而一代代的人，一方面遵从古老的生存法则，另一方面，又在时间中被不同的时代赋予不同的色彩与生存背景。

五、嬗变的文化和信仰

柴火熊熊，烧着焦黑色的锅底。家里点了很多支蜡烛，桌台上、炕边、灶火上方、水瓮边、粮食瓮等，分别供奉天帝、灶王、先祖、水神、谷神等。夜幕下降，昔日漆黑的村庄一下子亮堂起来了，家家户户如此，以至于看起来有些辉煌，喜庆的气息从泥土和人的脸上升起并且弥漫。母亲掀开锅盖，雪白的馒头被团团白气缠绕。拿出几个，用瓷碗盛了之后，再放上一双干净筷子。母亲带着我，先给天帝敬香上供，再给祖宗、谷神、水神和牲神等神灵上供。她跪下来，恭恭敬敬，每一尊神面前都是三个响头。她起身时，我不失时机地点燃鞭炮，噼噼啪啪的响声响彻山谷，回声跌宕悠远，惊动了山里的狐狸、狼群、野兔、野鸡、野猪，它们也满山乱窜，好像在逃难。随后，我随着母亲，去村口的土地庙上供。面对那位慈祥的白胡子老人，我一直有一种惊悚感，老觉得他随时都可能站起来，走下供台，到我跟前，或者用拐棍打我，或者和蔼地摸摸我的脑袋。

母亲说，土地爷是管全村人平安的，谁好谁坏他老人家最清楚。大年初一早上，吃了早饭，很多人会去邻村的龙王庙和猴王庙，还有大路边上的山神庙。香火之丰盛，鞭炮之激烈，是那个年代里最热烈的春节。现在想来，20世纪80年代末到90年代中期的南太行乡村春节，最动人的有三个方面：一是村人不约而同地摒弃了往日的仇隙，哪怕再大的仇恨，也不会在大年三十和初一这两天内"开战"和清算；二是孩子们可以肆意地燃放鞭炮、穿新衣，玩得开心，吃得也好；三是诸多的禁忌，使得人不由自主地产生一种强大的敬畏感，对神、先祖和长辈；四是那种传统文化和习俗的味道，丝丝入扣，年龄越长，越能觉得其中的温暖与深意；五是给孩子们潜移默化的影响，进而将传统的文化和习俗深植到他们的心灵当中。

信仰是民族心灵史的一部分，也是精神的基因之一。如佛，虽然外来，但在我们今天的土地和人群中依然占有相当的信仰比例，自有其契合中国人的因素在内。道，这个玄秘的宗教，似乎与萨满有共通之处，"万物有灵"曾经是全人类的信仰。我少年时代，几乎每个村子的村口都建有土地庙，比较险峻一点的山坡也有山神庙。间或还有龙王庙、猴王庙、二郎神庙，甚至狐仙、蛇精等祭祀之地。

作为文化传统的根基，也是先祖赋予并一代代传给我们的。因此，在某种意义上，建立和续写家谱的民间行为，其本质也是一种文化寻根，试图用文字记载的方式，不断地实现与先祖联通的愿望。记得十多年前，我才三十岁，村里也有老人对我说，没事了，咱们商量一下，续写一下家谱。当时，我并没有当回事，反而觉得，时代发展到今天，再去做一些腐朽的事情，实在是与当今的文明文化背景背道而驰。

当下的人，更注重的是自我，自我个性的彰显和确立、自我世俗意义上的成功、自我家族和家庭上的富裕和地位尊荣，等等，对于先祖，自己怎么来的，爷爷和祖爷爷是谁，都不重要了，也没有多大的意思。

时间一晃，我也近五十了，提起这个数字，就觉得心惊，有一种恐惧，令自己沮丧莫名。听闻从林哥的死，再联想起家谱，忽然有一种说不清楚的沧桑感，以及强烈的寻找家谱、续写家谱的使命感。

这是一个旧的文化传统和精神信仰全面瓦解，新的文化信仰尚未建立的年代。

以我们南太行乡村为例，如我一般年龄的人，多数已经买房入城了，更小的，压根就不在乡村待，哪怕在城里打工、做小本生意、寄居在某些工厂或者公司里。以至于婚配条件也发生了根本性的变化。其一，彩礼钱从 20 世纪八九十年代的几千到三万元上升为十万到十五万元不等；其二，男方家不仅要在本村拥有一套三间以上的房屋，且还要在城市内有一套八十平方米以上的商品房；其三，结婚所用费用出自男方，包括女方家长陪送的礼品；其四，21 世纪除家电之外，还需要有一辆摩托车，现在则为必须购置一台十万元以上的轿车。

用"撕裂"这个词大抵是准确的，即乡村人群一方面不舍故土，另一方面又极端地渴望进城。在进城与乡土之间，为的是日子好的时候，能够像城里人那样去过现代性较强的生活，倘若遇到不顺，或者经济条件差的情况，便退回到农村来。索要彩礼钱的层层加码或者说自觉地"与时俱进"，凸显的是，新一代乡村人已经舍弃了基本的"孝道"，不管父母能否承受，也不管自己婚后如何拮据，"为己"和"利己"占据主导地位，背离了婚姻之中应当包含的"体恤"父母的应有之义。对现代交通工具和居住条件的苛刻要求，从本质上反映了乡民渴望城市而又惧怕在城市遭受歧视的矛盾心理。当然，也有对"面子""攀比"心理的个人性强调与维护，也使得传统文化乃至精神信仰，在乡村进一步崩溃，新的一套社会规则、婚配程序，乃至精神信仰，还没有完全建立起来。

六、离乡者的尴尬与隐痛

远想近看，恰好是离乡者观察故乡的最好方式。远，可以理性，还有对比性；近是一种浸染式的融入，可以从中获取最直接的现场及其经验。如对村里人事，我在乡村时，目睹和感觉的是他们无所不及的恶，我可能一辈子都不会宽恕。爷爷奶奶膝下，只有我父亲一个儿子，姑妈外嫁。在以人口为主要"势力"形式的乡村，人口多寡，决定着一个家庭的生活质量以及在村子里的尊严。母亲又个性十分要强，明知争不过，也要去说，也要奋力争。

如此几十年来，争也没争到手，反而惹了一堆事，常常受人欺辱。

欺辱我们这样弱者的人，也是弱者。弱者的另一个本事，便是会利用强者，去欺辱损害了他们利益的弱者。整个村庄也形成了一整套完备的利益链条。一般而言，家里有人在政府部门任职的人家盘踞顶端，再就是挣了一些钱的，有公职的（如教师、企事业单位职员）等，接下来是村委会主任、会计，再下来，即天不怕地不怕的流氓、游手好闲者，此外才是老实本分的村民。

刚离开家乡的时候，总想着如何报复，有朝一日，把自己和母亲受到的欺辱也让他们尝尝。可在外面目睹了诸多的类似人事之后，才觉得，人和人，在人群中，本就是这样的一种状态，无论哪个地域，还是怎样的人群，本质上都是一样的。想通之后，再回家乡，心态平和了，觉得那些人也很可怜。在一个物质资源匮乏的地区生存，谁不想把自己的生活过得好一些？但要想过好，首先要把有限的资源变成自己的，从而引发了诸多的冲突和矛盾。其实他们也很悲哀，一辈子无法走出那座村庄，不会看到更广阔的世界以及财富的来源，就只能在一小片山野里施展自己所谓的"聪明才智"，这可能是一种更大的悲哀。

我们家前面一道沟里，住着另外一家人，男户主也姓杨，只不过，是自小被村里的一个爷爷收养的。小时候，他们的大女儿和我关系很好，经常一起玩。两家大人也不错。可有一天，这家的妇女和我母亲发生冲突。随后的几十年里，这家人深知自己势单力薄，且还是外来者，便改变了策略，依附于村里一个男户主凶神恶煞，凡事不讲理，到处横冲直撞，女主人嘴巴利索，且满脑子坏心眼的家庭，凡事去向他们申诉，由他们出面。这种借力打力的方法，果真奏效，也从不失手。而我母亲，却从来不懂得这些花花招数，有一说一，有二说二，很多事情明明自己占上风，最终却因为不会说话而功败垂成，自己受委屈，还没处说。我一再给母亲说，无论在哪里生活，和人打交道，都需要方式方法的，直率虽然一再被称为美德，可在现实当中，却无法很好地保护自己，也不能捍卫自己的尊严。

大致是 2012 年，我再一次回家，却听说，上述的那家男户主去世了。他在给人盖房子的时候，突发脑溢血，一会儿就没了。我叹息。这个人，我叫叔叔，也是我们南太行乡村最早信仰基督的人之一。在我的印象中，他一直是一个阴毒的人，我小的时候，某日天刚擦黑，一个人哭着去后沟找父母亲，他在水井边遇到我，两只手掌夹着我的两个耳朵，把我吊在冒着冷气的水井上方，作势欲丢。正在此时，父亲背着东西恰好走到了这里，喊了一声，他才转身把我放在地上。

再后来，他给我的印象总是笑眯眯的，冬天袖着手，夏天穿着一件黑黑的 T 恤，走路时候两只脚很飘。多年以来，我们家几乎和他们家没有什么交集。听到他去世的消息，我还是觉得悲伤，心想，这样的一个人，才六十岁，怎么就一下子没了呢？一个人，在世上怎么如此之快？2019 年春节回家，又听说，这户人家的女主人也死了，癌症，前几个月我出差去北京顺道回家看望母亲，还看到她在路上走，还叫了她婶子。几个月后，她也跟着她的丈夫走进了泥土，成为了往世之人。

2017 年，因为一片房基地，我的一个堂弟，纠集了几个地痞流氓，把我弟弟打了一顿之后，还丢在下面的一块地里。次年，这位堂弟突然脑溢血，成了植物人。听母亲和弟弟说起来，我没有笑，反而觉得人的可怜和可悲，也觉得冥冥之中某一种说不清道不明但一直存在的"规则"，如老子《道德经》所说："人之生也柔弱，其死也坚强。草木之生也柔脆，其死也枯槁。故坚强者死之徒，柔弱者生之徒。是以兵强则灭，木强则折。强大处下，柔弱处上""天道无亲，常与善人"等等。

因为父母、兄弟等人，我虽然出了乡村，实际上一直没有离开过。这一方面使得我觉得拥有父母和亲人的精神性的安慰，另一方面也使得我始终与生养自己的地方保持着鲜活的血肉和心灵联系。我以为，这才是最值得珍惜的。人在世上，唯一能够安慰和鼓舞人的还是人，除此之外，目前尚无他法。

每一次回乡，都会听到和看到一些蹊跷的消息，先前活生生的人，忽然就作古了；先前还在一起扯闲话的人，转眼就成了亡者。而生者之间进行的，依旧是千百年以来贯穿于人群之中"互助"和"互害"的游戏，哪怕是学成归来的大学生，身在庙堂的佼佼者，也没能跳脱，有很多反而利用各种关系，参与到乡民之间的各种"游戏"中来。如，某村后山皆为硅石，在几个同行者撺掇下，一位有着较好社会资源者便暗中支持，以期将整座山挖掉，变为现钱。幸亏村里几位年长者，以破坏村庄风水，将会失去全村人饮水来源为由，做坚决的抵抗，方才保住。

在时间中，万物和人皆为过客。这些年来，每次回到我们的南太行乡村，我都要四处转转，武安和邢台县一带的山区已经转换成了各个旅游景点，唯独沙河这一带，仍旧沉静荒芜。

夏天，我们家后面的板栗树绿叶葱茏，鸟鸣新鲜，阳光毒烈地烤着地面上的泥土、昆虫和草木，知了趴在黝黑的树干上二十四小时鸣叫。夜里，偶尔会打雷下雨，感觉雷声就在房顶一样，令人惊悚。冬天，草木枯槁，坐在向阳的山坡上，大地嶙峋而焦黑，村庄在陈旧和崭新的房屋中错落不堪。晴天悠悠，山川静默。村庄之外，坟茔多而明显。只有下了很大的雪，一切才会单调而平等。这令人沉重，也忽然很"哲学"。人以及所谓的人生诸事，其实不过是生死之间的那些琐碎、虚妄，片刻的欢愉，无由的磨难与"向死而生"罢了。

2019年，当我再次回去，从林哥是再也看不到了，说不定还有其他熟悉的人。

只是，故乡还在，南太行乡村还在，物永远比人长久。这种心境，像极了《古诗十九首》中的《去者日以疏》："去者日以疏，来者日以亲。出郭门直视，但见丘与坟。古墓犁为田，松柏摧为薪。白杨多悲风，萧萧愁杀人。思还故里闾，欲归道无因。"对于离乡者而言，故乡一直是在丢失的胎衣和灵魂的甘露，也是离乡者一再收集的暗淡光束与现实生活中的泪珠。现在，我正在一点点地体验，就像那册若有若无的家谱，它藏在一位逝者生前家中的某个角落，也可能原本就子虚乌有。

（原载《广西文学》2020 年第 3 期）

12

渭河是一碗汤

◎秦岭

当我相信它是一碗汤时，我已离开了它，却从此有了故乡。

"他要了五分钱的一碗汤面，喝了两碗面汤，吃了他妈给他烙的馍。"这是初中时从课文《梁生宝买稻种》里读到的一段话，一种感同身受的强大气息吸附了我，但随之而来的文字仿佛又把我推开："渭河春汛的鸣哨声，在人们不知不觉中，增高起来了。"罢了！活该自作多情，像这种与河流有关的信息，怎会与我有关呢？儿时远离河流的干旱之苦，让我对形同传说的河流天生敏感。第一次知晓，传说中的渭河，原来还在人间。

始知渭河，源自少时读《山海经》："夸父与日逐走，入日，渴，欲得饮。饮于河、渭，河、渭不足，北饮大泽。"河，指黄河；渭，指渭河。渭河居然与黄河齐名，该有多长，有多大啊！

我忍不住向一位学长求证："渭河，离我们这里远吗？"

"远着哩，真正的渭河在陕西，那是大地方，能不远嘛。外边很大，咱这里很小。"

"那……陕西在哪里？"

"没去过。"学长反问，"你以为课本里的渭河就是咱这里的渭河啊？"

逻辑似乎是：陕西、甘肃各有一条渭河，两者本不相干。尽管这样的答疑明显带有对我的不屑，却让我意外获知，甘肃原来也是有渭河的，这让我宿命地感到自己作为甘肃人的局限和迟到。后来在天水读师范，得悉不少甘谷、武山、北道的同学家在渭河之畔，这让我好奇得不行。陕西的渭河无缘一见，"家门口"的渭河无论如何要一睹真容的，不为梁生宝，为自己。1987年，我和甘谷同学李文灏相约去十几公里外的北道看新落成的渭河大桥，我没有告诉他我内心的秘密：我的目标不是桥，是一条河：

渭河。

"家门口"的渭河果然很大，比故乡山脚下的藉河大多了。我问李文灏："这条河流向哪里？"

"大海。"

这样苍白的答案，他也说得出口。百川归大海，海再大，岂能大过期待与内心。

"我指的是下一站。"

……

人间就一条渭河，它的根系，它的枝干之始，它的血脉之源，不仅在甘肃，就连发源地也在天水眼皮子底下的渭源县，渭源渭源，可不就是渭河的源头嘛！而我们村子距离渭河的直线距离，不到二十公里。当再次重温渭河两岸有关伏羲女娲、轩辕神农、秦皇汉武的种种传说、典故、民谣时，渭河突然变得更加陌生了，就像失散多年的爷儿俩突然路遇，更多的是惶恐和局促。原来世界并不大，别人拥有的太阳，也在我们东边的山头升起，别人拥有的月亮，也照样在我们树梢挂着。重要的是，中华民族人文的太阳，它不是从东部的海上升起，而是从西部渭河的万古涛声中孕育、分娩、繁衍、扩散……

仿佛一觉醒来，我在渭河的远与近、大与小和它与生俱来的神秘性里流连忘返。难道渭河刚刚从渭源鸟鼠山奔涌而出，就是这等八百一十八公里的长度、十三万四千七百六十六平方公里的流域面积，并横穿八百里秦川从潼关扑入黄河吗？非也！五百万年前，如今的渭河流经之地，居然是黄河古道，黄河从兰州向东，经鸟鼠山继而东行。从新生代开始，造山运动让秦岭抬升为陇中屏障，迫使黄河一个华丽转身蜿蜒北上，经贺兰山、阴山由晋北顺桑干河入大海。再后来，由于内蒙古乌兰察布地区隆起，黄河转而南下直奔潼关。一位地理学家告诉我，黄河、长江的源头拥有很多天然内流湖泊和高原冰川，万千支流多有涵养水源。而渭河不是，作为黄河最大的支流，它的源头恰恰在"定西苦甲天下"的西部最干旱的地区，它一路走来，途经甘、宁、陕三省的八十多个干旱区县，拾荒似的玩命汇集从沟壑崖畔之下眼泪一样的一百八十多条支流，而这些支流大都不是地下水，而是从天而降的星星点点的雨水，它们伴随着季节而来，伴随着闪电与雷声而来，伴随着大地的渴望与喘息而来……

我信了这句老话：所谓"黄河之水天上来"，实质上是"渭河之水天上来"。沧海桑田，没人知道黄河到底改道多少次，但渭河始终伴它风雨同舟，一往情深，像搭在黄河肩头的一袋面。

"其实，渭河就是一碗汤，喝上，啥都有了；喝不上，啥都没了。"

关中农民的这句话，似曾相识，我又一次想到了梁生宝。一条河，一碗汤，真的不用过多解释其中的含义，看看农耕以来渭河流域的灌溉情况，至少一半的答案在这里了。汉武帝时期修建的龙首渠，从地下贯通如今的澄城和大荔，使四万余公顷的盐碱地得到灌溉，年产量增加十倍以上，被誉为中国历史上的第一条地下渠，成为世界水利史上的首创。而截至 20 世纪末，关中地区类似性质的灌溉工程，万亩以上的灌区近一百一十个，自西向东基本连成了一片。皇天后土，有一口水，就有一株苗，就有一缕炊烟，就有一碗汤，就有生生不息的生命的指望。

有命，就有创造。人类文明的密码遍布渭河沿岸。在甘肃的渭源、陇西、武山、甘谷、天水一带，到处都是马家窑文化、齐家文化、仰韶文化遗址；在陕西的宝鸡、咸阳、西安、渭南、潼关一带，半坡遗址、炎帝陵、黄帝陵、秦陵、乾陵、秦始皇兵马俑星罗棋布……五百万年，五十万年，五千年，渭河给我们提供的强大信息量到底被我们捕捉、寻找、获知、理解了多少？它像谜一样在着，也像谜一样不在。那样的年代，我不在，我爷爷也不在，但我爷爷的先祖爷爷一定在的。还能说啥呢，那些河流的子孙，一代代地没了，走了，先是一抔黄土，再后来，了无踪迹，就像这世间他们根本没来过，也没留下任何的蛛丝马迹——我好想说错了，他们，留下了我，我们。

渭河流到如今，早已瘦了，皮包骨的样子，到底相当于过往的几分之几和几十分之几，我没了解过。当风光一时的"八水绕长安"的曼妙景致只能在梦中去感受时，当"宋代从岐陇以西的渭河上游采伐和贩运的木材，联成木筏，浮渭而下"的壮观只能从史料中寻觅时，现实的渭河，会让你肝肠寸断。

"渭河干了，咱就没汤喝了。"一位陕西农民告诉我。

这些年，一个汉字紧紧攥紧了我这颗单薄的心，这个字叫"济"。"引滦济津"是因为天津没水了；"引黄济津"是因为滦河没水了；"引长济黄"是因为黄河没水了；"引汉济渭""引洮济渭"是因为渭河没水了……我去过被认为是史无前例的"引汉济渭"工程现场，高超的现代工业技术将把莽莽秦岭山脉从根部洞穿并延伸九十八公里，然后利用二百公里的管网，把长江的最大支流——汉江水一分为二引入关中平原，汇入渭河……应约撰文，我迟难下笔，后来想到的标题竟是两个字：血管。

血，与其说受之于父母，不如说，受之于一碗汤。

（原载《中国国土资源报》2015 年 9 月 8 日）

13

小河子，黑土地

◎周云戈

一

春风三月，小河子上空悠悠地泛起一层绿色透明的雾，它浮于野火走过的塔头上，也缥缈于河岸柳梢头。只适远看，不宜近观。与杏花春雨的江南比，它的脚步着实晚了许多。可在渔乡这儿，它却是一抹最早的春色。

小河子的水，整日地流淌着……借着桃花汛的势头，没几天便蹿满了两岸的沟沟汊汊、湖泊泡沼和连绵的塔头甸子。于此，又一幅锦绣江南的水墨丹青，呈现于渔乡人眼前。那水是长流的水，清亮亮的，掬手可饮；若赤脚下去，至深膝盖，还清晰可见脚趾呢。它汩汩地涌动于连绵的塔头墩子间，并不时地淙淙作响，全然一副无所顾忌而又无孔不入的样子。墨呢？是个"绿"的借代，依着焦、浓、重、淡、清的画法，一个"绿色"的明与暗的变幻，便将小河子渲染得春光灿烂。天儿，一天热似一天，嫩绿的塔头草也一天高似一天，一簇簇、一缕缕，秀发般地在微风里舒展着。而此时小河子的气温，也着实让鱼儿们惬意起来。于是乎，它便春心荡漾，穿梭中各自寻找爱的目标，一旦确立了恋爱关系，也真的坠入了爱河。鲤鱼、草鱼、鲢鱼、鲫鱼，还有威猛的鳜鱼、鳡鱼、黑鱼、狗鱼……"三花五罗十八子"，各以类聚，同水而生。它们整日地嬉戏于那碧绿的河沟和浅水的塔头甸子里。水声响处，便可见那鱼群闪动的身影，随之便泛起一团团的雪浪花。水温适宜，不超过两天，那受精鱼卵便破膜绽放出一朵朵灿烂的"鱼花"！这"鱼花"绝非我的文采，它可是受精卵破膜后孵育出的幼小的鱼崽哦！而这时人们肉眼能分辨的，只是那鱼崽的两只眼睛。又是几天的光景，这些"鱼花"便成长为有形的幼鱼了。它们无忧无虑地快乐成长，再长大点儿，一部分逆流而上游入了嫩江，或更远的远方；一部分留守家园，成为小河子的"土著"。

二

　　青草河塘，正是青蛙们放歌的时节……

　　夏风微醺，青蛙便相约于长满蒿草的河沿儿，或是塔头甸子的浅水区，或是泡塘里。一只蛙起首，然后便齐声同和。旋即便是一场声势浩大的合唱——主题只是个"爱"字。不目睹，让人难以置信。眼见了，耳听了，方觉得阵容的庞大，才感觉这恋爱的别致来。仅仅别致？着实是道风景。它们虽都是合唱，却也有着节律的变化，渔乡人搭耳便分辨出所属的合唱团——"青拐子""大花鞋""蛤什蟆"等等，每个合唱团的音调各不相同。齐唱，二步轮唱，此起彼伏，抑或彼伏此起，从落日唱到天明，又从拂晓唱到天晚。歌者都是雄蛙，声声都是为了对异性的吸引。一旦赢得了芳心，便进入了恋爱状态，而要结成伉俪，还得一段时间。其中，一个重要的环节不可省略——那便是公青蛙要跳到母青蛙背上"亲热"一番。这"亲"可不是十分钟八分钟，一小时两小时的，它这一"亲"，便是一两天，最多要三天。那母蛙默默负重，公青蛙便神情专注地趴在背上。仔细观察，原来这雄蛙的两个前爪上，各有一个"小吸盘"样的东西，紧紧地吸附在雌蛙的身上。雄蛙上了身，那雌蛙便是个默许。不熟悉它们性情的，还以为它们在交配呢！其实，才不是呢！人们管青蛙的这种行为叫"抱对儿"。何故？后来，还是我那搞水产良种繁殖的学弟——纪维国先生现场一番解说，才让我心释怀。据他说，没抱过对儿的青蛙，这雌蛙就不向水中排卵。它不排，那雄蛙自然也就不会射精。如此了得？若它俩都不玩儿了，也就不会有日后那满河沟、满草塘的蝌蚪了。没了蝌蚪，自然也就没了小青蛙的生命了。试想，若没了青蛙的歌唱，那溽热难当的夏夜，该是怎样一番死寂呢！

三

"七九河开，八九雁来"——农谚所唱，也绝非小河子的节气歌。七九八九，小河子还冰冻如铁呢！不过，正月一出，小河子和嫩江湾这儿立马有雁翎水了——小河子的春天，真的不远了。

说来也怪，这边有了雁翎水，南方的候鸟们立刻有了反应，于是，它们便往这边赶了。野鸭子——候鸟的先遣队。它们的家族大，也很庞杂。而落脚这儿的野鸭子，我能叫上名字的就有——绿头鸭、绿翅鸭、赤膀鸭、赤颈鸭、花脸鸭、白眉鸭、斑嘴鸭、针尾鸭、罗纹鸭……还有叫不出名的。伴它而来的，还有凤头、黑水鸡、鸳鸯等。它们都喜群飞，每群都成百上千的。远远飞来，就像天边飘来的云，忽而上，忽而下，不停地踅来踅去……最后，便落脚在未解冻的小河子上。先是以雁翎水梳羽洗尘，之后便觅食或游戏。小河子的冰雪还没完全消退，它们便一头扎了进去。觅食中，选择个心仪之地，便开始了"家"的营造。巢，大都筑在有杂草的河水里，干枯的芦苇、蒲草叶子和动物的毛发、羽毛啥的都是筑巢的材料。它们一边筑巢，一边产蛋，大致要产五六枚蛋时，母鸭便开始孵化后代了。

野鸭子筑巢，着实是有些意思的。最初，小河子的桃花汛还未来，可就在它们的新家行将竣工、全心投入孵化之时，春汛却陡然间涨了上来，巢和蛋被河水淹没了。尽管家被毁了，可野鸭夫妇绝不放弃，仍旧在那窝上面继续筑巢产蛋。若是那新巢和蛋又被汛淹没了，那野鸭仍是继续，直到新巢筑完，再孵出后代才停下来。

凤头䴙䴘的恋爱，在这片水域是最罗曼蒂克的了。它们在宣誓爱情时，往往嘴里都要叼着新鲜的水草，面对面地直立于水面跳舞。跳一会儿，又潜入水里，一会儿又是挺出水面继续它们的舞蹈，须得几个回合，方能恋爱成功。于是便开始筑巢产卵，待产到四五枚蛋时，夫妻便轮流孵化。不过，凤头䴙䴘很智慧，它们把巢建在水草不多的静水面上。材料呢？有干枯的草，也有些新鲜的水草、羽毛和兽毛等。汛来了，那巢便有些"水涨船高"的意思，无论怎样，巢都浮于水面的。更有意思的事儿是：小䴙䴘来到世上的第一口食，妈妈竟喂它一口湿软的羽毛。若不是长焦镜头里亲眼所见，说死我也不会相信的。凤头䴙䴘本是以食鱼为主，为何䴙䴘妈妈要喂它羽毛呢？后来，与动物专家有了交往，闲聊时才知道，这一口湿羽毛，竟是为了保护小䴙䴘的胃！

如此了得，一个水鸟儿竟如此的智慧。

四

大雁，总要在春分前后归来。它落脚这里，多在小河子岸边，或嫩江下游的湿地，也有飞往洮儿河、霍林河下游湿地的。即使不落脚，也飞不多远，向北再向北，只要有江河湖泊，有沼泽湿地的地方，它们都随时落脚，共筑爱巢，开始了延续后代的使命。大雁，喜欢在沼泽中坡岗地上没水的芦苇荡，或杂草丛中筑巢。产蛋6枚，母雁开始孵化，而这时公雁总是昼夜守候在巢边，或在附近执行警戒任务，直到雁崽崩壳下水为止。

渔家人说，孵化中的雁蛋是很难获取的。徒手一人，别说取蛋，就是巢穴的边儿都很难靠近。你若靠近，这二雁便腾空而起，在你头顶盘旋，并"嘎嘎"地叫个不停。它们或以翅子扫你，或以脚爪踹你，或以锋利的喙啄你。有人说，大雁用喙攻击人的时候，多是朝着人的眼睛啄去。虽不曾亲历，可我却信。父亲的舅舅是个老猎人，他一只眼睛就是徒手取雁蛋时，被迎战的大雁用翅子扫瞎的。

儒雅的白天鹅、美丽的仙鹤（丹顶鹤）、白鹤、灰鹤等落脚于这儿，每年都在 4 月中下旬左右。它们是中途经停，把这儿当作高速公路的服务区——歇歇脚，补充体能，然后再继续北飞，仙鹤、白鹤等要在扎龙一带落脚，而大天鹅则是要飞到俄罗斯的西伯利亚去繁育后代的。每年，它远走高飞后，我总心生疑问。而疑问，也都源于前辈们的心口相传——"百八十年前，那些白天鹅、仙鹤、白鹤……还都在咱这儿孵崽儿呢。"如今，它们为何要远飞他乡呢？想来都是个"驱赶"。是人类的脚步，是生态、气候的变化。更主要的是现代文明制造的噪音和污染。背井离乡，寻找的是那份属于它们的温馨与宁静！

五

小镇的博物馆不大，是我常去的地方。馆藏不多，却有十几块动物残骨最是吸引。走进去，仿佛是向着远古时的小河子做了时空的穿越……

馆长邹德秋、副馆长梁建军都是我多年的朋友。每次来馆里，我们都要谈这些动物残骨的来头。他俩讲，这些"大骨头"，是从 20 世纪六七十年代以来陆续收集的。它们或是每次大汛从江底及河床深处翻卷出来的，或是冬捕时大网拉上来的。起初，没谁太在意，后来逐渐地多起来，块头儿也越来越大。于是，便有人把它搬到了博物馆。开始也没人能说清，只是敷衍便了事。后来，省馆文物专家来调研，无意中发现了这些大块动物残骨。调研结束，几位专家便把这些残骨带回了省里，请古生物专家做进一步的鉴定，不久便有了结果。于是，那些大块残骨便有了姓名——猛犸象腿骨、披毛犀上颚骨、大角鹿肩胛骨、野牛（百姓所说的江牛）头角骨等等。而这些动物的残骨，又恰与2009年那位从北京来嫩江湾考察湿地的王老师所讲述的动物名字相吻合。于此，远古时小河子岸边的巨体动物群，便在眼前活跃起来——炎炎烈日，悠悠白云，绿油油的塔头甸子，鲜花盛开的小河岸边……一队猛犸象，又一群披毛犀，悠闲地漫步着。风吹草低，偶尔可见一头头巨大的野牛低头觅食。而那些獐狍野鹿、狼虫虎豹呢，也都各有领地，或是乘凉于柳林里，或攀援树上歇息，或是隐蔽于茂密的蒿草中，目不转睛地窥视着准备猎取的目标……

　　此时，唯有飞鸟于俯察间，把小河子两岸的风雨春秋看得真真切切。

六

　　祖先落脚这儿，小河子便有了一道道的风景……那袅袅的炊烟、明灭着的渔火、连天的鼓角是，而扬鞭放牧、划船撒网、荷锄种田的也是。不过，这风景驱散了飞鸟和奔跑的动物，也让祖先宣誓了家园的主权。虽还风餐露宿，可也心怀梦想。而梦想都是最日常的心里景致——垒墙建房，娶妻生子，穿衣吃饭，柴米油盐啥的。心中始信"种瓜得瓜，种豆得豆"。

　　人们奔此而来。水是目标，也是方向和追寻。他们知道：有江有河，就地肥水美。朝这儿而来，又无一不是个投奔——为生存，为生活，也为子子孙孙……而小河子呢，只是在默默地接纳和承载。

　　遥想当年，最早落脚这儿的当是逐猎而来的，他们捕鱼猎物，因温饱有余便定居下来，成为这里的最早土著。也有奔这片水草而来的，他们在此牧马、牧牛、牧羊，虽朝代更迭，民族轮换，牧业却世世代代。更多是奔土地而来，仅为获得一份养家之田，图的是吃上顿不愁下顿，即使遇个旱涝年景，一家人也能吃饱穿暖。再有多余，便攒下来留给后人。于此，人们便携妻带子，挑着家当，披星戴月而来。有投亲靠友的，也有跟着碰运气的。而以国家名义"移民"的，大约就有 3 次之多。清末，为防东北边患，实行了移民实边政策，很快形成了闯关东的浪潮，那次落脚这里多少，说不清。不过，从那时起小河子沿岸的人烟逐年稠密起来，相继有了一些村庄和集市。至光绪二十年（1895 年 1 月 14 日），黑龙江省将军程德全奏准，设大赉直属厅。仅 8 年光景，即光绪二十八年（1902），便改大赉直属厅为大赉县，第一任知县，即是被称作"吉林三杰"之一的徐鼐霖。再有，新中国成立后的 1960 年，国家从支援边疆建设的战略出发，从山东、河北两省调来了大批农民来东北建设国营农、林、牧、渔场。有山东寿光籍朋友李同福兄回忆，那年仅寿光县就移民 4 万。还有"文革"时期的上山下乡的知青呢。由此想来，我们的小河子真可与西方《圣经》中的诺亚方舟一比。而方舟无法与之比拼的，便是小河子的孕育与无私的奉献，这也是它的大德所在了。

2013 年夏，嫩江湾洪水过后，小河子左岸飞来了一湾新月形沙丘。影友们为这新奇的景观雀跃之时，我的心却沉重了。于此，我心浮现出当年让飞鸟走兽别离家园的系列"风景"来，也想到了远在新疆罗布泊深处消逝了的小河，还有它岸边的墓地，及默默守候的楼兰美女……正在我心惶惑之时，忽有人告知大安市已决定将小河子左岸的 3000 多公顷江滩地，一次退耕还湿。去岁秋日里的一天，应朋友相约去小河子看鸟，让我兴奋的是在一湾湾浅水区，远远地看到了一群群起舞的白鹤、白鹭，还有天空那一群踅来踅去的野鸭子和一排排南去的大雁……呵呵！怎一个"退"字了得，退与进之间，蕴含着多么深刻的自然辩证法。

（原载《吉林日报》2019 年 8 月 31 日）

14

平房年代的非虚构典藏

◎祁建青

水桶扁担

　　静物一组，水得以小憩之所。敲击桶壁，水拥着水的声纹如旧。总共盛过多少水？水桶不大不小，扁担不长不短，水源源不断担回家不多不少——那该是一条河，还是一座湖？这就是静物一生的经历与内容。

一张张面孔依稀浮现，父母亲、兄弟姐妹，都是年轻时。晨起净水泼地洒扫庭院，爷孙几代人丁兴旺空前。水桶两只雪花铁皮新制作，扁担一根木竹质地老式样。人生使命无论多少，担水劈柴有个轻重缓急。担水装备已至极简，老话有道："这只桶里有黄金"，"那只桶里有白银"。扁担因此是个宝。其实我们自娘胎时就随着担水了，一身基因注定，一场势不可挡的担水高峰期，到来了。

桶、扁担与人搭配，即最初的象形"大"字。腰杆挺而不塌，不然扁担会掉落；两臂绷直拉稳钩索，桶才不至胡乱晃荡。该"大"字呈侧向形，目视前方小步快跑，如一干人马穿梭，奔水而去夺水而归！扁担非翅，亦坚挺亦舒展；水桶无脚，也细碎也大步流星。过滤掉水的奔腾或浑浊，清冽四溢是满满的少年至青年的光影温度。

那时居家就好似一直在河边岸畔，裤腿常湿，鞋儿费。每家屋里头都少不了有个担水黄金组合，人数不缺强弱搭配。桶的容量可满可浅，少年身手初试半桶小半桶，亦步亦趋循序渐进。水桶扁担更不止一副，轮替交换，方以为继。空荡的水桶和闲置的扁担，表明水缸已满，预示担水不久在即。正是水须臾难离，一条供水通道连绵接续。于是乎，水桶扁担，形形色色，一溜排列，走出家门咣咣咚咚，通向河边影影绰绰。

桶，只不过是放大了的杯子。两桶水，对等分开，相当于被聚捧作两大杯。担水就生怕碰撞摔打，务必要保险顺当。水，在运行的颠簸里尤显清澈、沉静而荡漾。记得您一路还不忘打着招呼？嗯，每一次担水至家都有一个小小的成就感。为水欢乐为水愁，愁的是，担水距离咋总那么远？"要是不用担水就好了"，水不用人担，顺顺利利就能得到，那就先得把水担个够。而一切在不知情未挑明的情况下进行：孩儿们天天长身体，用水量与担水频率悄悄俱增，大伙儿在一条跑道上奔忙正自顾不暇。求的就是这个效果：把水取回家，日子就成功了一半。

耳提面命的担水神器，承蒙了天地的旨意：水须以一种竭诚谦恭的方式领取。水站或井台，桶空净其身虚位以待，担水者深藏求水祈水的表情。属于苍生万物的水，我们仅领取那一份、那一小份。但桶实在是不算小了，一只桶，就是成千上万无数只桶，这不是神话。经扛耐用的扁担，意味着担水的行程，亦在向千万里追寻。有时，抢起扁担，恍若某类重拾之棍矛兵器，架势拉开可见，好汉一条立其侧，功底招式遮半边。你怎么这么厉害，愈来愈能挑水了。桶与水持续抱团定力，扁担掌握方向节奏，一时加快又陡然变缓。在家人喝到水之前，你的角色分工，是定量的取水外卖，是定时的担水快递。

说来道去桶乃一切之始，从锅到壶，到碗到杯，等分配送而至精密入微。人体呼吸、心血、消化、生殖诸器官，渗滤与分泌，营养与发育，隐私里的隐私，在水的移行始末——皆来自同一对桶，此水已非彼水，它可真就是人体生命的金子银子。口渴或尿憋，那是水在隔空叫喊。而体内，水的动静与器官的知觉，种种轰鸣交汇和舒适相安，探耳水桶，悉数可听。

被水滋润被水穿透，似乎桶里还养有鱼，扁担还会生出绿叶……

其实有个心结至今人们都没说出来：烧开的滚沸的水，还是不是水？无人理会。只管担水、喝水。赌气撂挑，常为空桶。落地"哐当"作响，破败的心情，难堪的面孔，充分的理由，是不小心跌倒了，或连续数日一个人担水无人替换。某日，"咔嚓"一声扁担折了！扁担它管你，它们忍耐已久。三两下修复，操心起扁担，这趟水，水桶担忧，扁担惭愧，水浑然不觉……不就是个水吗？哦，可别这么说。让人甘做仆人的，首先就是这水。一瓢一羹，心照不宣的节制，见不得稀里哗啦大肆用水，还生怕弄脏一滴。想一想，一个能够一直好好担水的人，该是多么完美。

现在，依仗城市储水、净水、供水以及排水系统的完备，水随高楼轻轻松松到家，平房低矮的怀念即有些虚伪地浮出来。本该摆进博物馆的诸物已无踪影，说终被抛弃怪绝情，说终于歇息了也矫情。有一个认知叫万变不离其宗，说来就是：水，也只不过是换了一种流法抵达着我们。具象的水桶扁担没了，抽象的水桶扁担何曾离开过所有人双肩。

挑水记忆：扁担上肩掂量两下，找好平衡点；步伐随之变换，负重的行走有些轻快，是奔越，是跃行；水桶的重力在扁担的忽闪间形成虚实起伏，感觉压力在肩头得以巧取其轻。

挑水人儿的过往留影：单手拎半桶水，到二人抬一桶，到一人肩挑两桶，此处掌声响起来——你达到了居家过日子的标准身型。这档子力气活很阳光，体现姑娘小伙体形美。这姿势方言称"走手"。一说"走手"就有由衷称赞之意，就是耐看、好看。

自行车，或曰脚踏单车

三角、圆周与杠杆原理相遇完美，毂、辐、辋同心轮轴。为人量身定制，合金钢梁，橡胶内外胎，正所谓骨肉齐全。无须加油，势能满满，脚踏单车，抬腿一蹬就走——刚骑上自行车的感觉为何好生带劲舒爽？有幸早早尝到的甜头却在：运动神经被激活打开，体能潜质在唤醒释放。

从此爱上自行车，形影不离哪儿哪儿都有。像你牵着的一匹马，一片你的野花点缀的草场，一展你的青春你的自由。驾驭的情调与鞭策的浪漫，一阵阵骄傲忘乎所以。一款紧俏领潮的中国制造，装饰刷新着城乡早晚的街路。犹如有一首《自行车圆舞曲》，伴陪回旋而蓬勃飘逸，自行车大军洪流滚滚。凭此单车，一闯天下的拼搏生涯，挡也挡不住。

自行车抢手，家里过几年得购新的，弟妹大了，他们要。朋友说自己记不清以前丢过几辆车子，一聊该经历多人亦有。车轮飞驰贼去也，瞬间易主车助贼，捶胸顿足没有用。幸甚只在，没干过这事儿，甚或未动过此念之君子十有八九。自行车，小物件大财产，国家替你想到了：正儿八经须办执照，一样正儿八经须挂牌照。

出示证件，检查牌照，不能捎人，铃闸须齐，等等规矩煞费周章。警察叔叔说过，一切为了您和您家人的安全。警察叔叔当然来去也骑辆自行车，但他的自行车属于"公车"。

有个逻辑，驾技熟练车子易坏。掉链子、跑气或断辐条、没闸，一再考验人、反复折腾车。别说什么修不了，说什么找不着扳手或无润滑油之类。小院里，大卸八块的自行车，散落的零部件，浮动的汽油味——"嘿嘿"地敲砸拧紧，"唰唰"地清洗擦净，"嗤嗤"地充气立起。蓝天下铮铮屹立的自行车，拍一把座子，感觉那是憋足了气力劲道，窗台上红绿掩映的盆花，仰头"咕嘟咕嘟"喝水的你，一幕练摊儿般的修车小景，你绘声绘色打理出了滋味浓浓的活法和手艺。

少时的忠实玩伴，长大必成铁杆儿弟兄。自行车高低扛得住？自行车，堪当大任风光无限，全都捎上了"在路上"：迎娶新媳妇成亲，驮孕妇上医院临盆，送孩子去学校读书，锣鼓红花与平淡无奇，没耽误不遗憾。一大段人生，行云流水精彩纷呈。若无自行车，有劲使不上，不知去何方。一天到晚，人儿愈显匆匆，胆儿愈显增大，诸事愈显有效。底气从何而来？灵便可靠的行脚工具，你就是那一时代打发来排忧解难的贵人使者，陪着爷儿们脚踏实地痛痛快快走一遭。回头看，一代人上演的，竟是一场自行车追赶汽车的全民接力大赛。论及今儿个老少们的购车、开车、坐车瘾，不是从骑自行车得来，就是由坐自行车养成。

"除了铃不响其他都响"。一语戏谑风风火火的放浪阔绰。飞身上车，飞身下车，多少个阳光普照和阴雨连绵，无数次风雪凛冽和百花盛开，人车化为一体，身在平衡中、心在匀速里，无比的全神贯注，始终的争时间抢速度，就是一次次标准的亮相作秀。

车把子电镀耀眼，一串儿铃声清脆。莫问，眼前准是个礼貌勤快利索人儿。单车分明难能站立，一前一后俩单轮，安能随心所欲游走不倒？爱因斯坦老翁曾言："要想保持平衡就得往前走。"看似简单的驾技，不比摆弄汽车容易，开初都一样狼狈，反复摔倒、爬起，这"学费"，得缴够。摔倒、爬起，扭头来你还是个笑脸。跌倒的自行车轮嘎啦啦飞转，辐条一圈一圈闪耀金属光，疼痛里再次得以确认：每一根辐条之前都被认真反复擦亮。

几十年没再摸过自行车，对不住啊老伙计。谁会相信，我们进入了一个不骑自行车的城市和年代。人们驾私家车、打的，或乘公交、步行，就是不骑自行车。车辆拥堵挤对，有时寸步难行，自行车何其便利？第一好是省资源，更大好是零排放，还称得上现代健美器械的鼻祖与集大成，兜风、健体、养心兼具。很完美，很完美就很麻烦。因为还是太费劲，太费劲便难长久。所以，它越发如一个濒危物种，让人依稀看见而今中国这个汽车王国曾经的森林；又好像渐渐成了一项人体行为艺术，兴许会愈行愈远。

眼前有数亿机动车风驰电掣于天地间，有一辆锰钢"永久"①在你我心中闭目养神。

打煤砖

八九月，日头毒。年年偏挑此时打煤砖，盖因上年也就这个时候打的数吨煤砖，快将告罄，周期逼人。天爷儿烘热，煤易速干，正该抓紧。院里院外大片空地，家人拉开架势可大干一场。再就是暑期放假了，劳力个个腾出了手，这该是顶主要的。

黑色的煤，拌了水越发黑亮。铁锹翻拌，之后还要加双脚踩

---

① 国产自行车。同样备受青睐的还有"飞鸽""凤凰"等名牌。

踹。毒日头炙烤着父亲和儿子们，女儿偶尔打个下手，她会跟母亲把饭做得更香一些。干沫煤里颗粒大小不一，需统统过筛。讨借煤筛子就很闹心。近乎一人高的破旧煤筛，不知道今天在附近哪家流转。父亲打发一个儿子去借，他空手回来；又打发一个儿子去借，还是没借得。父亲摇了摇头，自己去了。父亲咋一去就借得来，且还不振振有词责备孩儿们？这使孩儿有一点点羞愧。"姜还是老的辣"，这话当时还不会说，便是知道也不会说，不能说，说了有什么用吗？

之前费劲吃力地运煤、卸煤被忽略不计。头道工序筛煤才是一个下马威。一锨一锨，一锨都不能少，齐齐将煤过一遍，汗水止不住，擦去又冒出。妹妹给每人递上一支冰棍儿，她说，妈妈明天还要给你们买雪糕。是一个好消息。冰棍四分钱一支，雪糕八分钱一支，冰棍是透明的，雪糕奶白，煤砖黑乎乎。连日来的院子里，模子倒出的煤砖，四四方方，又黑又沉。是了，是该吃了冰棍再吃雪糕。

筛下的一部分粗渣块，厨房灶火用；大堆的均匀细末，拌入相当比例黏土以增黏性。黏土也可燃烧，是一种书本没有的知识。至此，除却水分，煤总量又有一定增加，赚了又赚。

给人的时间其实有限，坚持一下，就一周十天左右。小山般的煤堆和作煤泥，拓打成片片砖坯子，湿煤砖坯要等待晾干，这事儿随后交给了老天。说时迟那时快，飘泼的雨，起先狂风大作，人便疯了般举着塑料单、篷布或油毛毡去。煤砖，看家的宝贝，叫雨淋泡全玩儿完。煤砖啊煤砖，因为刚出生落地，它还没来得及穿衣裳。

　　毒日头，这下专注对煤砖了。就希望这样，及早干透就好整齐码垛。整理着煤砖辞别着夏天，全家又一次这样齐心协力。煤砖，凝固的火，吸足夏天烈焰般的日光能——怎么来抗拒严寒打发漫长的冬季？答案就是：盛夏合力打煤砖。父子们加油干，暑期的家庭作业，加深理解和增强记忆，繁重过后是一片轻松，我们的煤砖，我们过冬的另一份干粮。

　　加油干啊加油干，煤砖筑起来的原来就是一座坚固堡垒。一家人得以坐享其成，厚棉袄厚棉鞋厚棉手套，冬天它一定会让所有人全副武装。那就好了，爷爷总是要提醒父亲小心煤烟，"不要把娃娃们打下"。母亲哼一支歌曲，或讲一个故事。那故事无疑是一个老故事，可在一个新的冬天，故事娓娓道来，就全然是新的。如果气候老是干冷干冷只刮风，他们就会如此很有把握地说：该下点雪了吧？打过煤砖了，发自内心盼雪，一点不发愁而是希望赶紧下雪。仿佛雪也听话，某天很快就下了。可以理解拥有足够煤砖的他们的心情，纯白的雪与纯黑的煤，专属冬天的颜色情绪搭配。春天回归前的平房小院，不惧怕气温急遽下降，甚至有些懂得，该如何善待，该如何喜欢外面的严寒与酷冷。

原煤必须二度加工成型，中规中矩的生活无非是种种经验使然：世间未经制作的东西不好使，不曾费力也就无从消受。打毕了煤砖最后又晓得，临了还要将煤砖砸烂成块，还要焚烧殆尽。出大力流大汗的大制作，粗粝、笨重、黢黑，燃烧后的灰烬，那么轻，那么白。煤砖的沉甸重量，一来二去化作了轻而又轻的热能，由外屋到里屋又由里屋到外屋，均匀、慢悠而稳定地循环漫游。冬天的家，真的就像是童话传说里的家，一个久违了的家。谁不想着早点回家去？哦，把门关紧，把窗户关紧。煤砖在燃烧，持久温暖着每个人的身体，再不想出去，就这样弥漫铭记在我们的骨头与灵魂深处……

现在烧水做饭取暖用气用电，你的力气是被节约，还是被浪费，过剩还是归零？不打煤砖了，谁说不舒服得要命？

（原载 2020 年《瀚海潮》芒种卷）

敬　告

由于编选时间仓促、工作量大，未能及时与所选作者一一取得联系，请见谅。

现仍有部分作者地址不详，为及时奉上稿酬和样书，请有关作者与编辑段琼、赵维宁联系。

E-mail：249972579@qq.com；1184139013@qq.com

微信号：Youyouyu1123；zhaoweining10

辽宁人民出版社

2023 年 1 月